お針子殿下の着せ替え遊戯

乙蜜ミルキィ文庫

お針子殿下の着せ替え遊戯

目次

プロローグ

「お茶にミルクを注《そそ》いでくれるかな」

優美な声とともに陶磁器のカップを差し出され、レースのヘッドドレスをつけた頭を、ルディアはこくりと頷かせた。

「かしこまりました、ユヴェール様」

「違うだろう？　『ユヴェール様』じゃなくて、『ご主人様』だ」

口元に淡い笑みを浮かべ、ユヴェールはやんわりと訂正した。

静かな夜の部屋の中、癖のある銀髪がランプの明かりを受けて、茜色《あかねいろ》に照り映えている。

ゴブラン織りの布張り椅子《いす》にゆったりと腰かけたユヴェールは、穏やかだが支配者然とした口調で諭《さと》した。

「だって今の君はメイドで、私はその主人なんだから。こういう場面では、日常を忘れて役になりきらなくちゃいけないよ」

「……はい、ご主人様」

言われたとおりにしたものの、慣れない呼び名は口にしても馴染《なじ》まず、恥ずかしさと違和感ばかりが込み上げる。

ルディアの本当の身分は伯爵令嬢《はくしゃくれいじょう》だ。

それ以上にやんごとなき立場であるユヴェールには及ぶべくもないけれど、実家が没落したわけでもない以上、メイドの真似《まね》などする必要は一切ない。

そして恥ずかしいというのなら、今の自分が身に着けているこの衣服もだ。

(どうしてメイドのスカートが、こんなに短くなくちゃいけないの――?)

太腿《ふともも》の半《なか》ばまでを丸見えにする、黒いエプロンドレスから伸びた脚を、ルディアはもじもじと擦《こす》り合わせた。

爪先《つまさき》から膝上《ひざうえ》までをぴったりと覆うのは、ドレスと同じ黒のストッキング。それを留めるガーターが覗《のぞ》けそうな短いスカートでは、屈《かが》み込んで床掃除などした日には、絶対に下着が見えてしまう。

もっともユヴェールは、そこまでさせる気はないのだろう。

こうして主人とメイドのふりをしているのは、あくまでごっこ遊び――否、彼と交わした契約としては、着せ替え遊びなのだから。

「ルディア。ミルクは?」

「あ、はい。今すぐ……」

ぼうっとしていたところに声をかけられ、テーブルの上のミルクピッチャーを手に取ろうとした矢先。

「主人の前でぼんやりするなんて、いけないメイドだ」

「ユヴェ――……ご主人様？」

手首を掴《つか》まれ、ルディアはどきりとした。ユヴェールの紫紺《しこん》の瞳に、何かよからぬことを企《たくら》む光が宿っている。

「ほら。粗相《そそう》をしたんだから、ご主人様に謝らないと」

「……申し訳ございません」

「それだけ？　どうにも誠意が足りないな」

言いがかりのような言葉とともに、ユヴェールは形のいい唇を吊《つ》り上げた。

「躾《しつけ》の悪いメイドには、お仕置きが必要だね」

「お……お仕置き……？」

「そう。主人の命令には、いつでも素直に従う訓練も兼ねてね」

人差し指をつっと伸ばし、ユヴェールはルディアの襟元《えりもと》を押さえた。

「ボタンを外して」

「え……？」

「命令どおり、コルセットはつけてないよね。そのエプロンは胸ぐりが広く取ってあるから、そこのボタンを外したら――」

スクエア型に開いた白いエプロンの上に、裸の胸だけが晒《さら》されて乗っかる恰好《かっこう》になってしまう。

そんな自分の姿を想像して、ルディアは真っ赤になった。いっそ全裸になれと言われるほうが、まだ恥ずかしくない気がする。

「私の言うことが聞けないの？　だったら、別のお仕置きを考えるけど」

「わ……わかりました。やりますから！」

ルディアは焦って口走った。

ここで命令を呑《の》まなければ、ユヴェールは間違いなく、もっととんでもないことを要求してくると、これまでの経験で学んでいた。

襟元のリボンを解《ほど》き、もたもたとボタンを外していくと、木綿の布地に押し込められていた乳房が、ぷるんと弾み出て震えた。両脇にはエプロンの肩紐《かたひも》が通っているせいで、豊かにくびり出された肉感が、自分で見ても相当にいやらしい。

ユヴェールがわざとらしく首を傾《かし》げた。

「あれ？　まだ何もしてないのに、乳首が尖《とが》ってきてるんじゃない？」

「そんなこと……」

「違うって言うなら、確かめてあげるよ。――ほら、もうこんなに硬い」

「ああんっ……！」

きゅうっと両方の乳首を摘《つま》まれて、ルディアは肩をびくつかせた。

とっさに口元を押さえるが、慣れた手つきで弄《いじ》られる胸の頂《いただき》からは甘ったるい疼《うず》きが生じて、喘《あえ》ぎ声が止められなくなる。

「はぁ……駄目、です……ユヴェール様……」

「『ご主人様』」

「ご、ご主人様……お願いします、おやめください……っ」

「主人の許可もなく、乳首を勃起《ぼっき》させた淫《みだ》らなメイドなんだよ、君は。簡単に許してあげるわけにはいかないな」

「ああっ……そんな、引っ張っちゃ嫌ぁ……」

こりこりとしこった乳頭《にゅうとう》を奔放《ほんぽう》に捏《こ》ねくり回されて、はぁはぁとはしたない息が洩《も》れてしまう。

初めてこんなことをしてから、日ごとに刷り込まれ続けた官能のせいで、脚の付け根がじゅくりと潤み、下着を濡《ぬ》らすのがわかった。

「そもそも私は、ミルクが欲しかったんだよね」

思い出したようにユヴェールは言った。

「ルディアが注いでくれないなら、ここから直《じか》に飲ませてもらうよ」

含み笑いを零《こぼ》した唇が、ルディアの乳首をはくりと咥《くわ》えた。そのままじゅっと吸引されて、膝ががくがくと震える。

「んんっ……そんなとこ……吸っても何も出ません、からぁ……っ！」

赤ん坊を産んだこともないルディアに、母乳など出せるわけがない。

そんなことは百も承知な上で、ユヴェールは平然といやらしい悪戯《いたずら》をするのだ。

「そう？　ミルクは出なくても、君のここはとっても甘くて美味《おい》しいけどね」

真っ白な胸乳《むなぢ》に顔を埋《うず》めるようにして、敏感な尖りをはむはむと噛《か》み、ぬらつく舌で転がしてくる。

メイド服の下の肌が汗ばみ、ルディアはエプロンの裾《すそ》をぎゅっと握り締めた。

（こんなこと、いつまでも続けてちゃいけないのに……ユヴェール様はもうじき、シュロテカトルの国王になられるのに――）

巧みな舌技《ぜつぎ》で酔わされる快楽の中、ルディアは現状に至るきっかけの出来事について思い返していた。

そう。

すべてはあの、一通の手紙から始まったのだ――。

1　秘密の着せ替え人形

『親愛なるルディアへ

　こうして君に手紙を書くのは、初めてかもしれないな。

　もう二年近くも会えていないが、元気にしているだろうか。

　今年の春、デビュタントを終えたのだと叔父上《おじうえ》から聞いたよ。

　出会ったときはあんなに小さかったルディアが、もう十八歳になっただなんて、時の流れの速さに驚いてしまう。

　王城の広間に集まったたくさんの令嬢の中でも、君はひときわ可憐《かれん》で麗しかったと、皆が誉めそやしていた。

　艶《つや》やかなストロベリーブロンドには、鈴蘭《すずらん》をモチーフにしたダイヤモンドのティアラを飾って、アンティークレースを惜しげもなく使ったボールガウンの純白のドレスが、とてもよく似合っていたと。

君の晴れ姿が見られなくて、本当に残念だった。お父上のアシュトン伯爵も、大事な一人娘が一人前の淑女《しゅくじょ》に成長したことをお喜びになっただろう。

私のほうは、諸国を巡る遊学の旅を終えて、先日ようやく帰国したところだ。

この国の夏は日差しが強くてまいってしまうな。できるなら湖水地方に避暑にでも出かけたいところだけど、秋になればすぐにでも戴冠式《たいかんしき》だというので、その準備に追われている。毎日何かと目まぐるしくて、気が休まる暇もない。

そこで、ルディアに頼みたいことがある。

昔から気心の知れた君に、私の秘書になってほしい。

突然こんなことを言われて戸惑うだろうが、君以外の誰にもできない大切な仕事だ。

迎えを差し向けるから、一度こちらに来てくれないだろうか。

君の好きな白桃《はくとう》のカスタードパイを用意して待っているよ。

大人になったルディアと会えるのを、心から楽しみにしている。

ユヴェール＝フォルデ＝シュロテカトル』

（一体どういうことなのかしら……）

流麗な筆跡で記された手紙を読み返し、ルディアは椅子の上で、落ち着きなく視線をさまよわせた。

目に入る光景は、贅《ぜい》を凝《こ》らした調度で設《しつら》えられた豪華絢爛《ごうかけんらん》な一間《ひとま》だ。純白の壁や天井には、葡萄蔓《ぶどうづる》をモチーフにした浮き彫りがなされ、金の釉薬《ゆうやく》で彩《いろど》られている。部屋の隅には重厚な柱時計や花台が鎮座し、白磁の花瓶に生《い》けられているのは、夏らしい黄色と橙《だいだい》のグラジオラスだ。

大理石の天板の丸テーブルには、甘く煮た桃を薔薇《ばら》の花弁状にあしらったカスタードパイの皿が、紅茶のカップとともに並んでいた。

ルディアの一番の好物で、普段なら目を輝かせて飛びつくところだが、今はとてもそんな気分になれない。

王城からの迎えの馬車に乗り、この部屋に通されるまでの間、ルディアは絶えずそわそわしていた。正確には、生家であるアシュトン伯爵邸に、この手紙が届けられた五日前からずっと。

手紙の差出人であるユヴェールは、ここシュロテカトル王国の皇太子《こうたいし》だ。

現在のシュロテカトルは、ユヴェールの父だった前王が早くに没したため、ユヴェールが二十歳になるまでという期限つきで、叔父のダリオンが玉座を守っている。

ひとつ年上のユヴェールとは、まだ互いに幼い頃、ルディアの父であるアシュトン伯爵が開いた夜会で出会った。

それから折々に顔を合わせ、兄と妹のように親しく過ごして――いつしかルディアは、ユヴェールと一緒にいると、胸の中で小鳥が羽ばたくように、どきどきしてしまう自分に気づいた。

もっと彼の近くにいたいし、できるだけ頻繁に会いたい。

けれど、立派な王子であるユヴェールに比べ、自分はいかにも平凡で、隣に並ぶと見劣りするのが恥ずかしい。

その感情に名前をつける前に、ユヴェールは遊学のために旅立ってしまった。

今日は、そんな相手と二年ぶりの再会を果たす、記念すべき日だ。

本当なら、無事の帰国を純粋に喜びたいけれど、手紙の内容を思い出すと、疑問と不安に取り憑《つ》かれてしまう。

(私を秘書にだなんて……ユヴェール様は何を考えていらっしゃるの?)

伯爵令嬢として人並みの教養を培《つちか》ったとはいえ、ルディアは良く言えばおっとりとした――悪く言えば、いささか抜けたところのある、ぼんやりした性格だ。贔屓目《ひいきめ》で見ても、秘書という重職にふさわしい有能な人材だとは思えない。

「パイはお口に合いませんでしたか?」

ふいに話しかけられ、ルディアは我に返った。

テーブルのそばで小首を傾げているのは、深緑のジレに、膝丈のズボンと絹の靴下を合わせたお仕着せ姿の少年だ。この国の人間には珍しい、やや浅黒い肌をしているが、くりっとした瞳には利発さと愛嬌《あいきょう》が感じられる。

ユヴェールからの使いだと名乗り、ルディアをここまで案内してくれたのは彼だった。

初対面の挨拶によると、名前はラズといい、年齢は十四歳。ユヴェールの身の周りの世話をする従者だということらしい。

「ごめんなさい。せっかく用意してもらったのに、緊張して喉《のど》を通らなくて」

「無理もありません。そもそもユヴェール様は、思いつきの行動が多すぎるんです。旅先で出会った僕をその場で従者にすると決めて、誘拐同然に連れ帰ることからして、突拍子もない人ですよ」

「えーと……」

主《あるじ》への非難——というほど、悪意のある口調ではないのだが——を、さらりと口にするラズに、ルディアは当惑した。なんとなく、ここは話題を変えたほうがいいような気がする。

「あの、ラズ。あなたはどちらの国の出身なの？」

「多分、言ってもわからないと思いますよ。東方の草原で暮らす、小さな部族の生まれです。羊を飼って、馬を駆って、季節ごとに移動を繰り返すんです」

ラズは部族の名前を教えてくれたが、確かに聞いたことがなかった。

ルディアが不勉強なだけかもしれないが、ユヴェールはそんな僻地《へきち》へ、わざわざ何をしに行ったのだろう。

「公用語がとても上手なのね」

感心するルディアに、ラズはこましゃくれた仕種《しぐさ》で肩をすくめた。

「ユヴェール様に付き合っていたら、自然と覚えました。あの方は男性にしてはお喋《しゃべ》りですから」

「別にそんなことはないだろう？　お前が人よりも賢いというだけだよ、ラズ」

唐突に会話に割り込まれ、二人は同時に振り返った。

ルディアの心臓がどくんと跳ねて、天井から糸で吊られたように、その場で立ちあがってしまう。

「ユヴェール様……！」

「久しぶりだね、ルディア。よく来てくれた」

扉を開けて部屋に入ってきた青年に、ルディアの視線は釘《くぎ》づけになった。

記憶にある二年前と今の姿にわずかな違和感を覚えて、榛色《はしばみいろ》の瞳をぱちぱちと瞬《しばたた》かせてしまう。

（こんな——方だったかしら？）

ゆるやかな癖のある銀髪に、稀少《きしょう》な宝玉《ほうぎょく》のような紫紺の瞳。

細い眉《まゆ》や鼻梁《びりょう》はすっきりと繊細で、薄く優美な唇には女性的な色香さえ漂う。

それでいて、背丈や肩幅は以前よりひと回り大きくなり、近寄りがたい勇壮さが感じられた。昔からよく顔を合わせていたはずなのに、いまさら人見知りをしてしまうような気分だ。

身につけているのは、シンプルな濃紺のジャケットと脚衣だが、腰回りを細く絞っているせいか、すらりとした長身がいっそう映《は》えて見える。

ジャケットの内側に着たレースのフリルシャツがまったく厭味《いやみ》に見えないのも、俗人離れしたこの美貌《びぼう》の賜物《たまもの》だろう。

二年ぶりの再会に、相手をじっくり観察せずにいられなかったのは、どうやら向こうも同じらしい。

「驚いた——本当に綺麗《きれい》になったね、ルディア」

思わず零れたような感嘆の溜《た》め息《いき》に、ルディアの頬《ほお》はたちまち熱を持った。

今日のためにさんざん悩んで選んだドレスや、慣れない化粧の効果があったようで、協力してくれたメイドたちに感謝せずにはいられない。

「髪も伸ばしたんだ？」

距離を詰めてきたユヴェールが、肩に落ちかかるストロベリーブロンドのひと房をすくい取った。

男の人にそんなことをされたのは初めてで、思わず息を止めてしまうが、次のユヴェールの台詞《せりふ》にきょとんと目を丸くする。

「もう腰にも届くくらいだ。マリアンナと同じだね」

「……覚えていてくださったんですか？」

「もちろん。私と君と彼女との三人で、昔はよく遊んだだろう？」

秘密めかした口調に、ルディアはふっと緊張が緩《ゆる》むのを感じた。

（あんな昔のことを、まだ覚えてくださっているなんて……）

目の前の彼は、間違いなく自分の知るユヴェールなのだと、やっと確信する。

二人の間に馴染んだ空気が流れ、自然と微笑《ほほえ》みあった瞬間。

「僕にはわからない思い出話でなごむのも結構ですけど」

水をさすようにラズが言った。

「お仕事の内容について、説明差し上げたほうがよろしいんじゃないですか？　ルディア様はそこが気になって、お好きなパイも召《め》し上がれないほどだったんですから」

「何？　それは大事《おおごと》だな。――おいで、ルディア」

ユヴェールは眉根を寄せ、ルディアの手首を摑んだ。

昔よりもずっと大きくなった手の感触に、ついどぎまぎしてしまう。

「あ……あの、どちらに？」

「口で説明するよりも、見てもらったほうが早い」

そのまま手を引かれ、廊下に連れ出されようとする寸前、ラズがルディアに向かって「ただし」と言った。

「この仕事には守秘義務が発生しますよ。受けるにしろ受けないにしろ、これから見るもの、聞いたことは、決して口外なさいませんように」

「え？」

戸惑うルディアに、ラズは大真面目《おおまじめ》に告げた。

「なんといってもその秘密は、シュロテカトル王家の名誉にかかわることですから」

「見てくれ」

とユヴェールに言われたルディアは、見た。

目の前に広がる光景を、ぽかんと口を開けて、まじまじと凝視《ぎょうし》した。

「これは……――」

夢遊病者にも似た足取りで、ふらりと踏み出した先は、舞踏会に使われるような大広間だった。

頭上には巨大なシャンデリアが吊り下げられ、アーチを描く天井は鮮やかなフレスコ画で彩られている。

典雅なワルツ曲が聞こえてこないのがおかしなくらいの豪奢《ごうしゃ》な広間には、無数の淑女たちが――否、淑女のためのドレスを纏ったトルソーが、隙間《すきま》なく林立していた。

周囲の壁には曇りひとつない鏡が張られているため、どこまでも広がる無限の迷宮に落ち込んでしまったような気がする。

一種異様な雰囲気も漂う空間だが、ひとつひとつのトルソーの前で足を止めるたび、ルディアの瞳は高揚に輝き始めた。

「すごい……綺麗……」

目も彩《あや》なドレスのすべては、どれほど優秀な職人の仕事なのか、見たこともないほど素晴らしいものばかりだった。

背中が大胆に開いた、ジャガード織のイブニングドレス。

たっぷりと裾を引きずる、腰高のバッスルドレス。

羽のように軽やかな、小花模様のガーゼのドレス。

大ぶりの花柄が刺繍《ししゅう》された外出用のガウンや、ダマスク織の厚手のジャケット。

幅広の襟がついた濃紺のシルクタフタのマントに、サッシュベルトを巻いた総レース

のネグリジェまで。

さらには生地も形も様々な、珍しい異国の衣装も並んでいる。

ビーズ刺繍が隙間なく施された、ゆったりとした前開きの長衣《ちょうい》。

ほとんど覆うところのない宝石細工の胸当てと、裾つぼみの透ける脚衣の組み合わせ。

たくさんの小さな雲母《うんも》をミラーワークで縫い留めた薄手の布を、肩から斜めがけにして複雑に巻きつけたもの。

袖口が大きく広がった立襟の袍《ほう》を、翡翠《ひすい》の飾りと幅広の帯で締めた東洋風の服。

「一体、全部でどれだけあるんですか？」

「ざっと五百着くらいかな」

「五百!?」

「トルソーが足りなくなっただけで、他にももっとあるよ。旅先から少しずつ送るうちに、いつの間にかこんな数に膨れ上がってたみたいだ」

彼の言葉を、ルディアは自分なりに解釈して推理した。

「……つまりこのドレスは、ユヴェール様が外国で買い求められたものだということですか？」

自分で着るわけでもないのに、何故《なぜ》そんなことをしたのかは謎だが。

（他国の文化を広める活動の一環として、展覧会でもなさるつもりなのかしら？）

納得できそうな理由をどうにかひねり出した瞬間を、見計らうようにユヴェールは続けた。

「いや。私が縫った」

「――はい？」

目を点にするルディアに、ユヴェールはこともなげに続けた。

「私の趣味は、女性のための服を作ることなんだ」

「服、作り……？」

ルディアは呆然《ぼうぜん》とし、トルソーを見て、ユヴェールを見て、またトルソーを見た。

華やかで、きらびやかで、女性なら誰もがうっとりするだろう五百着のドレスを縫ったのが――ユヴェール？　それも、たった一人で？

冗談だろうと笑ってしまいたいが、どうやらそんな雰囲気でもない。

ごくりと唾《つば》を飲み下し、ルディアはようやく言った。

「知りませんでした……」

この国の皇太子に、お裁縫の趣味があるだなんて。

「――ルディア」

唐突にユヴェールが詰め寄ってきて、ルディアは壁際まで後ずさった。

ダンッ！　と顔の脇に両手を突かれて、それ以上の逃げ場をなくしてしまう。紫紺の瞳をじっとり細められると、美形な分だけ凄《すご》みがあって恐ろしい。

「何故だ？　何故、私をそんな目で見る？」

「そんな目って……」

「私の趣味が気持ち悪いとか、皇太子らしくないとか、そもそも男らしくないとか、亡くなった父上も草葉の陰で泣いているだの、『どうせなら冷え性の私のために、腹巻でも編んでくれ』だのと思ってそうな目だよ」

「お、思ってません！　冷え性でもないですし、腹巻、別に必要ありませんから！」

「……ごめん。今のは私の叔父上の言葉だった」

こほんと咳払《せきばら》いをして、やっと身を引いてくれる。

だが、その横顔には拗《す》ねたような、寂しそうな影があった。

「ルディアならわかってくれると思っていたんだけどな」

「私なら……？」

「だって、君は喜んでくれたじゃないか。マリアンナに新しいドレスをプレゼントするたびに」

「あ……！」

ルディアはとっさに口元を押さえた。

（嘘《うそ》。そんな。でも、まさか――）

激しい動揺とともに、ユヴェールと初めて出会った十二年前の記憶が蘇ってくる。


その日はアシュトン伯爵邸で、ルディアの父が主催する夜会が開かれていた。

なんのための集《つど》いだったのか、当時ほんの六歳だったルディアは覚えていない。

父の誕生日だったのか、あるいは貴族の有志たちによる演劇の上演会だったのか。

なんにせよ、引っ込み思案なルディアには、苦痛な一夜でしかなかった。

メイドの手で髪を巻かれ、よく知らない大人たち相手にぎこちなく挨拶をすれば、

『なんて可愛《かわい》らしいお嬢様』

『大きくなったら、うちの息子の婚約者になってくださる？』

とお決まりのお愛想を返される。

料理を味わう間もろくになく、少し夜が更《ふ》ければ、

『子供はもう寝る時間だよ』

という父の言葉で強制退場させられるのだ。だったら初めから、子供部屋で一人にさせておいてくれればいいのに。

そんなわけで、ルディアはその夜も憂鬱《ゆううつ》だった。

唯一の慰めは、もらったばかりの新しい人形も一緒だったことだ。

最近、母に刺繍を教わり始めたルディアは、遠くで暮らす祖母のためにコースターを作った。単純なクロス・ステッチで、スミレときんぽうげの花を刺したものだ。どう見ても拙《つたな》い出来だったのに、祖母はとても喜んで、お返しのプレゼントを送ってくれた。

ガラス玉の瞳は明るい榛色《はしばみいろ》で、腰まで届くまっすぐな髪は温かみのあるストロベリーブロンド。持ち主のルディアそっくりに作らせた、特注のビスクドールだ。

どこに行くにも何をするにも、ルディアはその人形を連れ歩いた。名前をつけて、長い髪を梳《と》かして、毎晩同じベッドで眠った。

『マリアンナ。ねぇ、ここはつまらないね』

料理の並んだテーブルの陰にしゃがみ込みながら、ルディアは胸に抱いた人形に囁《ささや》きかけた。

兄弟のいないルディアにとって、マリアンナは最も身近な友人でもある。

陶磁器の肌と球体の関節を持つマリアンナは、唇こそ動かさないけれど、ルディアにだけ聞こえる声でお喋りする――という設定になっていた。

『ほんとね。酔っぱらった大人たちって、どうしてあんなに騒がしく喋るのかしら』

呆《あき》れた様子のマリアンナに、ルディアは小声で答えた。

『お酒を飲むと、ふわふわして陽気な気分になるんだって、お父様は言ってたけど』

『でも、あんなに顔を真っ赤にしてみっともないわ。それに皆、いつもよりそわそわしてるみたい』

『ああ、それは……今夜はこのあと、オウテイデンカがいらっしゃるらしいの』

『オウテイデンカって誰のこと?』

『この国の王様の弟のこと。すごく偉い方だから、お会いしたらちゃんとご挨拶をしなさいねって、お母様に言われたわ』

『ふーん。でも、どうせなら王様を見たかったわね』

『王様は重いご病気なのよ。だからオウテイデンカが、王様の代わりにいろんなお仕事をしてるんですって』

『でも、いつ来るんだかわからないんでしょ？　それまでずっと待ってなきゃいけないなんて、退屈だったら！』

　マリアンナの瞳がきらりと光り、誘い込むようにルディアを見上げた。

『ねぇ、ルディア。ちょっと外に出てみない？』

『でも……勝手にいなくなったら、お母様に怒られちゃう』

『お庭の花を摘《つ》みに行くだけよ。あたしの服にも、ルディアのドレスみたいな薔薇が欲しいの！』

　ルディアの今日の装いは、愛らしいパールピンクのシフォンドレスで、胸元にはたくさんの薔薇のコサージュが飾られていた。

『すぐに戻ってくればバレやしないわ。ほらほら、行きましょ！』

『そうね。少しだけならね』

マリアンナに説得される形で——もちろんそれは、脳内で繰り広げられた一人遊びなのだが——ルディアはこくりと頷《うなず》いた。

ダンスや歓談に興じる大人たちの間を縫って、そそくさと広間を抜け出す。

使用人たちが行き交う廊下は避けて、広い屋敷をぐるりと大回りし、裏口からようやく庭に出た。

途端、ささやかな冒険にわくわくしていた気持ちが、しゅっとしぼんでしまう。

『……思ってたより暗いのね』

自邸の敷地内とはいえ、夜に屋敷を抜け出すのは初めてのことだ。

おぼろ雲が月を覆い隠していて、まったく何も見えないというわけではないけれど、気味が悪いには違いない。

『大丈夫。歌を歌ってれば怖くないわよ』

マリアンナに励まされ、ルディアは思い切って足を踏み出した。空元気で歌いあげるのは、その場の思いつきのでたらめ歌だ。

『♪カエルと狐がケロケロ、コンコン、かたつむりーの渦巻き、ひだりー巻きー』

調子っぱずれな歌声を張りあげ、両腕を振ってずんずん歩く。元気よく楽しげにしていれば、お化けや幽霊の類《たぐい》は近づいてこないはずだと信じて。

それでも、数十種類の株が植えられた薔薇園にやっと辿《たど》り着いたときには、背中が冷や汗に濡れていた。明るい昼間ならなんということもない距離なのに、やたらと時間がかかった気がする。

(早くお花を摘んで帰ろう)

ルディアは薔薇の茂みに近づき、ドレスと似た色の花を探した。幸いすぐに見つかったけれど、ここではたと問題に気づく。

『どれもマリアンナには大きいわ……』

一番小さな花でも、ルディアの拳《こぶし》ほどはある。これでは、マリアンナの胸元にひとつ飾るのが精一杯で、たくさんの薔薇は並べられない。

(でも、探せばもっと小さい花があるかも)

ここまで来たのだからと意地になって、ルディアは茂みを掻《か》き分けた。やみくもに奥まで手を伸ばしたとき、ちりっ！　と焼けつくような鋭い痛みが走った。

『いたっ……！』

慌てて引っ込めた右手の人差し指から、玉のような血がふつりと盛り上がった。動揺した拍子に尻餅《しりもち》をつき、抱いていたマリアンナを落としてしまう。

『マリアンナ！』

彼女が割れやすい陶器でできていることを思い出し、ルディアは青ざめた。——そこに。

『大丈夫？』

地面に落ちたマリアンナを、誰かの手が拾いあげた。

つられて視線を上に向ければ、ルディアと歳《とし》の近そうな少年が立っていた。

夜闇の中、ふわりと光を放つ銀髪と、神秘的な紫紺の瞳の美しさに、金縛りにあったように動けなくなる。

そんなルディアを、少年は不思議そうに見下ろした。

『どうしたの？　これは君のものだろう？』

『あ……ありがとうございます』

ルディアは慌てて礼を述べ、差し出されたマリアンナを受け取った。その場で彼女の全身に触れ、壊れていないかを確かめる。

どこにも傷はなさそうでほっとしたが、自分が怪我《けが》をしていたのを忘れていた。マリアンナのドレスに血の染みがついて、『あっ』と情けない声をあげる。

（汚しちゃった……）

おろおろして泣きそうになっていると、少年が地面に膝をついた。

『怪我をしてるの？』

何をされるのか理解する間も、抵抗する隙もなかった。

少年はルディアの手を掴むと、当たり前のように指先を咥《くわ》え、傷口をちゅっと吸い上げたのだ。

（えぇっ……!?）

できたての傷にそんなことをされたのだから、きっと染みたり痛かったりしたのだと思う。

けれどそのときのルディアは、痛覚も麻痺《まひ》するほどに驚いて混乱していた。顔を真っ赤にしながら、しどろもどろに訴える。

『あの……あの、汚い……です』

『ああ、ごめん。嫌だった？』

唇を離した少年に、ルディアはぶんぶんと首を横に振った。

不潔なことをされたという嫌悪感が湧いたのではなかった。外に出て洗っていないままの手なんかを舐《な》めて、彼のほうが病気になったらどうしようと思ったのだ。

たどたどしい言葉でそう伝えると、少年は『なんだ』と笑った。整いすぎていて気後れするような美貌が、そうすると一気に親しみやすいものになる。

『気にしないでいいよ。乗馬や剣術の稽古で擦り傷《すきず》ができたら、私はいつもこうしてるんだ。よっぽどの大怪我じゃなければ、唾をつけておけば治る』

『そうなんですか？』

半信半疑で指先を見つめると、確かに血は止まっていた。少年が上着のポケットからハンカチを取り出し、怪我をした場所にてきぱきと巻いてくれる。

『これで大丈夫。その人形もなんともなかった？』

『はい』

『よかった。だけど、こんな暗い場所に子供が一人で来ちゃ駄目だよ』

自分だって子供のくせに、少年はもっともらしく言った。

身綺麗な恰好を見る限り、どこかの貴族の子弟なのだろうが、これまでに顔を見たことのない相手だ。

『あなたは、どうして……？』

『叔父上と一緒にさっきここに着いて。馬車から降りたら、歌が聴こえたから』

『ふぇっ!?』

でたらめな歌を聴かれていたことに気づいて、にわかに恥ずかしくなる。

『かたつむりが出てくるなんて、珍しくて面白い歌だね。あの続きはどうなるの？』

『あ、あれは……お化けが出たら怖いから、適当に歌ってただけで……続きなんてありません』

『なるほどね』

少年は笑いを堪《こら》えるような顔で頷いた。

『そんなに怖いのに、君こそどうしてここに？』

『薔薇を摘みたかったんです。マリアンナとドレスをおそろいにしたくて……』

自分はこの屋敷の娘であることや、夜会が退屈で抜け出してきたことを打ち明けると、少年は興味深そうに聞いていた。

『でも、薔薇はどれも大きすぎて……それに、マリアンナの服も汚しちゃって』

『着替えはある？』

『え？』

『マリアンナを早く着替えさせて、汚れた服を洗ってあげたほうがいい。よかったら私も手伝うよ』

『人形』とではなく、少年は自然にマリアンナの名を呼んでいた。まるでマリアンナが本当に生きていて、その存在を尊重してくれているように。

少年の思いやりを感じて、落ち込んでいたルディアの心が、ふわっと温かくなる。

『着替えの服なら私の部屋にあります。洗面所も、すぐ近くに。……一緒に来てくれますか？』

『レディの部屋にお邪魔しても構わないのなら』

生真面目《きまじめ》に言った彼と目線を交《か》わし、二人で同時に噴き出した。子供らしい笑い声が夜の薔薇園に響き渡る。

普段なら人見知りのほうが勝《まさ》っただろうが、彼になら何故か気安く話せるのが不思議だった。大人がお酒を飲んだときのように、あたりに柔らかく漂う薔薇の香りに、ルディアも酔っぱらっていたのかもしれない。

『まだ名前を聞いてなかったね』

『ルディアです。ルディア＝アシュトン』

『私はユヴェールだよ。よろしく』

固く握手を交わした相手が、実はこの国の皇太子であったとわかるのは、広間から消えたルディアを必死で探すメイドたちに発見されたあとのこと。

そのときの二人はルディアの部屋で、マリアンナや他の人形も交《まじ》えて、着せ替え遊びに興じていた。

知らせにすっ飛んできたルディアの両親は、娘の相手をしてくれている皇太子の姿に仰天《ぎょうてん》し、恐縮し、平身低頭に詫《わ》びた。

もっとも当の本人は、『楽しかったよ、また遊ぼう』とけろっとしていたし、彼を連れてきた王弟のダリオンも、子供同士のことだからと鷹揚《おうよう》に笑っていた。

実はこのときユヴェールの父は重篤《じゅうとく》で、憂いに沈む甥《おい》っ子《こ》を心配したダリオンは、少しでも気晴らしになればと夜会に伴《ともな》ったらしい。

その先で新しい遊び相手を得られたのだから、ダリオンの目的は成功したといえるだろう。

『また遊ぼう』という言葉のとおり、二人の付き合いはそれからも続いた。

何かの催《もよお》しで顔を合わせると、ユヴェールはルディアを隠れんぼに誘ったり、チェスやカードゲームを教えたりしてくれた。あるときはダンスの練習をし、面白いと感じた本を貸し借りして、たくさんの話をした。

たったひとつしか違わないのに、ユヴェールはとても賢くて、話題も豊富だった。貴族の子弟同士で行われる剣術の試合でも負け知らずだったし、音楽や詩歌《しいか》の素養にも優《すぐ》れていた。

彼のように立派な王子の「友人」であることは、ルディアにとって誇らしい反面、何も返せないことがほのかな引け目になっていた。

というのもユヴェールは、素晴らしい贈り物を何度もくれたからだ。

夜会の日に汚れたマリアンナのドレスは、結局洗っても元どおりにならなかった。

その後しばらくして、アシュトン邸を訪れたユヴェールは、『これをマリアンナに』

と言って、リボンのかかった小箱を差し出した。

中身を見た瞬間、ルディアは歓声をあげた。

それは、ルディアがあの日に思い描《えが》いたとおりのドレスだった。

自分が着ていたのとサイズ以外はまったく同じ、パールピンクのシフォンのドレス。

胸元に散った無数の薔薇は、透けるオーガンジーをくしゅくしゅと巻いて花弁《はなびら》の形にしたものだ。

その緻密《ちみつ》さを見る限り、王城に出入りする仕立て職人の仕事だとしか思えなかった。

きっとユヴェール自《みずか》ら細かく指示し、特別に作らせてくれたに違いない。

慎みも忘れてユヴェールの首にしがみつき、『ありがとうございます！』とはしゃぐルディアに、彼も満足そうだった。

『気に入ってくれたなら何よりだ』と笑い、『次はどんなドレスが欲しい？』と尋ねることさえしてくれた。

それからは二人で、マリアンナに着せる服について、ああでもないこうでもないとデザイン画を描《えが》いた。

ユヴェールは絵も達者で、ルディアの頭の中にしかないイメージを、たちまち紙の上に表してみせてくれる。

絵本に出てくる妖精《ようせい》が着るような、七段ティアードの虹色のスカート。

気高き雪の女王にふさわしい、なめらかな白貂《しろてん》のガウン。

勇《いさ》ましい女海賊の黒いビスチェに、大胆なスリットの入ったロングコート。

マリアンナのワードローブの中には、見るだけでときめく衣装がどんどん増えていった。その素敵なプレゼントは、ユヴェールが十七歳になり、遊学の旅に出るまで続いた。

ルディア自身その頃には十六歳で、人形遊びをするような年齢ではとっくになくなっていたけれど、彼との出会いのきっかけになったマリアンナだけは特別だった。

今でも週に一度は違うドレスに着替えさせ、季節の花を生けた花瓶をそばに飾る。

そうすることで、どこの空の下にいるとも知れないユヴェールの無事を祈るような気持ちだった。

祈りが届いたのか、彼はこうして再び戻ってきてくれた。

以前よりずっと男らしくなって、ルディアのこともマリアンナのことも忘れないでいてくれた。

だが――だが、しかし。

「もしかして、マリアンナのドレスを作ってくださっていたのも、ユヴェール様だっは頷いた。
物思いから醒《さ》め、おずおずと尋ねるルディアに、十九歳になった現在のユヴェール

「ルディアと一緒に着せ替え遊びをしたのが、思いのほか楽しかったからね。服飾の基礎を学んで見様見真似で始めてみたら、これがまた奥が深い。私はもともと凝り性なんだ」

(なんてこと……)

ルディアは目眩《めまい》を覚え、よろりと壁にもたれかかった。

確かにあのときのユヴェールは、

『なるほど、ドレスのスカートはこんなふうに布を重ねて膨らんでいるのか』

『人形用といっても、帽子も靴も手袋も精巧にできているんだな』

『こんなに小さいのに本物とまるで変わらない……父上がくださった船の模型よりも細かいかもしれない』

といちいち感心していたが、あくまでルディアに話を合わせて、興味のあるふりをしてくれているのだろうと考えていた。

(まさか本気で着せ替えにハマって、服作りまで始めるなんて思わないわよ……!)

「外国に行ってみて、色々な土地の衣装を目にしていたら、創作意欲がいっそう刺激

されてね。今度は等身大の服を作ってみたくなって、気づいたらこの有り様だ」

「呆れたでしょう」

いつの間にか広間に来ていたラズが、やれやれとばかりに言った。

「戴冠前に見聞《けんぶん》を広めるための遊学なのに、ユヴェール様にとっては、各地の民族衣装や珍しい布地を買い漁《あさ》る旅みたいなものだったんです。最高級の毛皮を求めるあまり、ジャングルに虎まで狩りに行きましたからね。実際に仕留めて、背負って帰ってきましたけどね」

「と、虎を？」

「ええ。文字通り、趣味に命賭《か》けすぎです。有体《ありてい》に言えば阿呆です」

ずけずけと暴言を吐かれても、ユヴェールは平然としている。

「その言い方じゃ、私がただ遊び呆《ほう》けてばかりいたみたいじゃないか。もちろん各国の言語や文化も学んだし、国益に繋《つな》がりそうな人脈も広げたぞ」

「そうです。ユヴェール様はなんでもそつなくこなされるから、誰も文句を言えなくなる。だけどやっぱりこの趣味はどうかと、周囲の人間は思ってるわけです。一国の皇太子が毎晩ミシンをだかだか踏んで、ちまちま刺繍をしてるっていうのは、外聞《がいぶん》のいい話じゃないでしょう？」

「お前まで小言をいうのか、ラズ」

ユヴェールは顔をしかめ、同情を乞うようにルディアを見た。

「叔父上も宰相《さいしょう》も侍従長《じじゅうちょう》も、ドレス作りなどやめろと頭ごなしに言うんだ。私の唯一の息抜きなのに、やめられないならせめて隠せと」

それはそうだろうとルディアも思う。

趣味は人それぞれ自由でいいはずだが、王族というものはイメージが大切だ。しかもユヴェールは間もなく、この国を背負わなければならない立場なのだから。

「私は何も悪いことをしているとは思っていない」

ユヴェールはきっぱりと言った。

「だが、残念なことにこれからしばらく忙しくなる。当面ドレス作りのペースは落とさざるをえないだろうな」

「それがいいと思います」

ルディアは控えめに同意した。

「私も、ユヴェール様が心配ですから。いくら趣味のためでも、虎と戦うなんて危ないこと。怪我をされたら大変です」

「……ルディアは優しいな」

ユヴェールの表情がふっとなごんだ。

「だから君をここに呼んだんだ。私を助けてくれるのは、ルディアだけだと思って」

その言葉にルディアは、この城に来た目的を改めて思い出した。

「あの……そのお話ですけど。お力になりたい気持ちはやまやまですが、私じゃ秘書なんてお仕事は務まらないと思います」

戴冠の準備に忙殺されるユヴェールの助けになれればいいと、本当にそう思うけれど、逆に足を引っ張るようなことがあってはいけない。

申し訳なさを滲《にじ》ませつつ告げるルディアに、ユヴェールはあっさりと言った。

「秘書というのは表向きの話で、本当の頼みは別にあるんだ」

「別に?」

「君には、私が作った服を着てもらいたい」

「——はい?」

ルディアの声が裏返った。

ユヴェールは両手を広げ、天を仰《あお》いで、滔々《とうとう》と力説した。

「せっかく縫ったドレスをただ飾っておくだけじゃ、あまりにも空《むな》しいじゃないか。服というものはやはり、誰かに着てもらってこそのものだろう? このドレスたちは今のままじゃ、まだ生まれてもいない亡霊同然! 本来の役目を果たせていないという意味では、食べ終わったバナナの皮にも劣る哀れな存在なんだよ!」

(……何を言ってるんだろう、この王子様は)

呆然とするルディアに助け船を出すように、

「つまりユヴェール様は、自分だけの『マリアンナ』が欲しいということなんです」

口を挟んだのはラズだった。

「戴冠式前で多忙を極めるストレスを、等身大の着せ替えごっこで発散させたいんですよ。頭が可哀想《かわいそう》な人なんです。あなたならユヴェール様の秘密について口外することもないでしょうし、何より、この素《す》っ頓狂《とんきょう》な趣味そのものの『元凶』でもあるわけですから」

（途中、さりげなくひどいんですけど!?）

従者としての忠義心は怪しいが、ラズの最後の言葉は正論だ。責任を取れと言われているようで、ルディアは追いつめられてしまう。

確かに、自分がユヴェールと人形遊びなどしなければ、彼は服作りに興味を持つこともなかった。

周囲の人々に心配され、従者に可哀想な人扱いされて、王族としての体面が揺らぐような事態に陥ることもなかったのだ。

（だけど私が、ユヴェール様といまさら『着せ替えごっこ』だなんて……）

言葉の響きからして、なんともどうにもいかがわしい。

「期限は戴冠式まででいいし、もちろん報酬も充分に出す。――頼む、ルディア」

ルディアの足元に、ユヴェールは躊躇《ためら》いなく膝をついた。驚くルディアの手を取り、じっとこっちを見上げてくる。

「や、やめてください、ユヴェール様」

まるで求婚でもされるような姿勢に、ルディアの声は上擦《うわず》った。

けれどユヴェールはどこまでも真摯《しんし》に、熱っぽい口調で掻き口説《くど》く。

「ルディアが頷いてくれるまでやめないよ。ここにある服は全部、君をイメージして作ったものばかりなんだ」

「――私を？」

不意打ちを食らったように、ルディアは息を呑んだ。

「着てくれる相手のことを想像しないと、私は何も作れない。以前はマリアンナだったけど、今は頭に描《えが》くのは君のことばかりだ。この二年間、ルディアに再会できたら、私のドレスを着てもらうことだけを楽しみにしてきたんだ」

「ユヴェール様……」

当惑しつつも、気恥ずかしいような嬉《うれ》しさがじわじわと込み上げてきた。

離れていた二年の間、ルディアは毎日ユヴェールのことを考えていた。彼も同じように自分を思っていてくれたなんてと、つい感動してしまう。

それがたとえ、ルディアとマリアンナを同一視してのことだとしても。

（マリアンナと私は、目の色も髪の色もおんなじだから。ユヴェール様にとっての私は、マリアンナの身代わりでしかないわけだけど……でも）

一国の皇太子が、ルディアにしかできないことだと膝をついて頼み込んでいる。

彼の身分を抜きにしても、昔からの幼馴染みの願いなら、叶《かな》えてやりたいと素直に思えた。何も難しいことをするわけじゃなく、とどのつまり、ただ服を着るだけだ。

（それに、少なくとも『着せ替え人形』でいる間は、ユヴェール様のおそばにいられるわけだし……）

「――わかりました」

ルディアの一声に、ユヴェールはぱっと顔を跳ね上げた。

「本当か⁉」

「はい。私なんかでユヴェール様のお役に立つのでしたら」

「言っただろう？　君でないと駄目なんだ」

立ちあがった勢いのまま、ユヴェールはルディアをぎゅっと抱きしめた。

柑橘《かんきつ》系の香水が鼻先で香り、一気に頬が火照《ほて》る。

「ユ、ユヴェール様……⁉」

昔はこんなふうにじゃれ合うこともあったけれど、大人になった彼からの抱擁に、ルディアは動転してしまう。

けれどユヴェールは、それこそ子供のように屈託なく笑っていた。願いを受け入れてもらえたことが、嬉しくて仕方がないというように。

そんな顔を見せられると、ルディアも決して悪い気はしない。

自分の決断は間違っていなかったのだと、安堵《あんど》したのも束《つか》の間《ま》。

「ありがとう、ルディア。じゃあさっそく君の部屋に案内するよ」

「私の？」

「言ってなかったっけ？　君には今日から、この城に住み込んでもらう」

「聞いてません……！」

皇太子自《みずか》らしれっと、労働条件の後出しという違法行為《インチキ》に手を染める、この国の未来が危ぶまれる。

「アシュトン伯爵には私から説明するから、屋敷には戻らなくていいよ。必要なものはすべて用意させるし、部屋から一歩も出る必要もない」

「ええと……だからそれは」

（平たく言えば軟禁ですよね？）

「ちなみに、君の部屋は私の部屋の隣だ」

「はいっ？」

「鍵は私と世話役のラズしか持ってないし、私の許可なしでは誰も出入りできない。

衣装簞笥《いしょうだんす》も運び込ませたし、アクセサリーや化粧道具も揃《そろ》えたから、思う存分着せ替えが楽しめるな！」

今にも歌いだしそうなほどご機嫌なユヴェールとは裏腹に、ルディアは尻込みするような不安を感じていた。

（もしかして……というかやっぱり、私の選択は軽率すぎた……？）

早くも後悔し始めたルディアの視界の端で、

「——ご愁傷様です」

とラズが沈痛な面持《おもも》ちで合掌《がっしょう》した。

2　欲張りな皇太子

ルディアが王城に滞在するようになって、約ひと月が過ぎた。

彼女の「着せ替え人形」としての日々は、おおよそ以下のようなものだった。

まずは朝。

天蓋《てんがい》つきのベッドの上で、決まった時間にルディアは目覚める。

メイドが起こしに来なくとも、ユヴェールの外国土産《みやげ》だというからくり仕掛けの時計が、オルゴールの音楽を流して起床時間を知らせてくれるのだ。

ルディアに与えられたのは、蜂蜜色《はちみついろ》の壁紙が貼られ、淡いオレンジの絨毯《じゅうたん》が敷かれた、女性らしい温《ぬく》もりに満ちた部屋だった。

寝室と居間は樫材《オーク》のドアで隔《へだ》てられ、寝室の奥には大理石造りの立派なバスルームもついていた。

顔を洗って待っていると、やがてノックの音がして、すでに身支度《みじたく》を終えたユヴェールが、「おはよう！」と爽《さわ》やかな笑顔を浮かべてやってくる。

ネグリジェの上にドレッシングガウンを羽織っただけという、心もとない恰好のルディアに、

「今朝はこれにしようか」

と、衣装簞笥からドレスを選び出すのが彼の日課だ。

着替えをするときはさすがに居間のほうに移動してくれるのだが、頃合いを見て再び戻ってきたユヴェールは、いつでも大げさなくらいの賛辞を送る。

「よく似合ってるよ。真珠《しんじゅ》みたいに白い君の肌には、やっぱり真紅が映えるね」だの、

「こんなにも細い腰で折れてしまわないの？　理想のさらに上をいく完璧なシルエットだ」だの、「ルディアに着てもらえて、きっとこの服も喜んでるよ。だけど順番待ちをしてる別の服が嫉妬しちゃうから、次はあの青いドレスにしようか」といった具合だ。

そのあとは鏡台の前で、その日の装いにふさわしい化粧を施す時間が始まる。

驚くことに、これもユヴェール自身がこなした。

幾種類ものパフやブラシを自在に操り、時には彼の指や掌《てのひら》で、高価な化粧品が素肌に馴染まされていく。

ユヴェールに直《じか》に触れられることは、いつまで経っても慣れなかった。

息がかかりそうなほど近くに顔を寄せられ、高貴な紫紺の瞳を間近にすると、頬紅

などいらないのではないかというくらい、ルディアは真っ赤になってしまう。

続いて髪を結《ゆ》われるのだが、これは化粧よりはいくらかマシだった。ユヴェールが正面から背後に回ってくれるからだ。

だが、これも油断はできない。ふとした拍子に、彼の指が耳や項《うなじ》をかすめて、緊張の塊と化したルディアは、びくりと肩を跳ねさせる。

そのたびに、鏡に映るユヴェールが笑っている気配がした。いたたまれなくなって、ルディアは深く俯《うつむ》いてしまう。

(私の仕事は、ユヴェール様のお人形でいることなんだから……)

彼はただ生きたトルソーが欲しいだけなのに、勝手に意識している自分は馬鹿みたいだ。

そうやって着飾らせたルディアを、ユヴェールは矯《た》めつ眇《すが》めつし、長椅子に座らせたり、花束を抱《かか》えさせたり、部屋の中にもかかわらずレースの日傘を持たせてみたりと満足いくまで観賞した。

その頃になるとラズが朝食を運んでくるので、差し向かいで食事をする。ユヴェールが政務のために出かけていくと、ようやく平穏が訪れる。

だが、それもわずかな間でしかなかった。

昼食時と夕食時にもユヴェールは必ず戻ってきて、そのたび朝と同じ手順で「着せ替え」は行われた。

いちいち化粧を落とし、髪を解《ほど》き、靴やアクセサリーを取り替えて、ユヴェールが選ぶドレスを言いなりに纏う。

普通なら面倒で、うんざりして、やはりユヴェールの趣味は異常だと逃げ出したくなってしまったかもしれない。

が、最初のうちこそ戸惑ったものの、こんな生活にルディアは三日もすれば慣れた。

というより、案外と楽しんでしまっている自分に気づいた。

理由のひとつとしては、ユヴェールの作った服が、どれも本当に美しいということだ。

目にするだけで気分が浮き立つのに、実際に着てみると、ドレスは様々な表情を見せてくれる。

玉虫色のシルクが光を弾く様子に魅入《みい》られたり、歩くたびに揺れるドレープがとても優美でうっとりしたり、腕を曲げる際に上袖《うわそで》から覗くアンダースリーブの模様が愛らしかったり――確かにこれは、ただ飾っておくだけでは物足りなくなるだろうと納得できてしまうのだ。

しかもユヴェールの服は、見た目だけでなく着心地も素晴らしかった。

縫い目には綻《ほころ》びひとつなく、外から隠れる裏地も上質で、細かい部分を見れば見るほど丁寧な仕事がされているとわかる。

採寸などされたこともないのに、胴回りも着丈も誂《あつら》えたかのようにぴったりで、どうやらユヴェールは、目視だけで他人のサイズを正確に測れる特技があるらしい。

彼の趣味は確かに偏執的だが、偏執も極めると芸術の域に達するのだということを、ルディアは認めざるをえなかった。

さらにもうひとつ、この生活も意外と悪くないと思えた理由は、ユヴェールと過ごす時間が単純に増えたことだ。

今でこそ一風変わった嗜好《しこう》を持つユヴェールだが、優しくて博識な彼のことを、ルディアは昔から慕っていた。

初恋と認めてしまうのは気恥ずかしいし、身分差を考えると畏《おそ》れ多くて、憧れや尊敬という言葉に置き換えてきたが、こうして彼と過ごせる毎日が嬉しいことには違いない。朝起きて一番に顔を合わせる相手が、誰よりも好きな人だというのは、控えめに言っても夢のような贅沢だ。

そんなルディアの心境を、ラズはさっそく見抜いたらしく、

「こう言っちゃなんですけど、ルディア様も物好きですね」

と呆れたような溜め息をつく。

ルディアが退屈しないようにと、彼はしばしば部屋に来て、話し相手になってくれ

るのだ。

「ユヴェール様は確かに顔も頭も悪くないですが、生身の女性を着せ替え人形にして遊ぶような変態ですよ？　しかも鍵をかけて閉じ込められて、一歩も外に出してもらえないなんて、普通は嫌にならないですか？」

（また暴言出たけど……――聞き流そう、うん）

『変態』と断言されたことについては触れない処世術を決め込み、ルディアは曖昧《あいまい》に笑った。

「私はもともと、出歩くのがあんまり好きじゃないの」

実際、ルディアは小さな頃から内向的で、屋敷に引きこもりがちな少女時代を過ごしてきた。

お茶会や演奏会に誘ってくれる友人がいないわけではないけれど、流行《はや》りものに疎《うと》く、話し上手でもないせいで、自然と聞き役に回ってしまう。

まして、異性と顔を合わせる舞踏会への出席など、気が重くて仕方がなかった。

歯の浮くようなお世辞で褒めそやされても、気の利《き》いた返しもできないし、ユヴェール以外の相手と踊るダンスは足がもつれてさんざんなことになってしまう。

「だったら、ご実家では毎日何をしてらしたんです？」

「ピアノを弾いたり、飼ってる小鳥のお世話をしたり、お花を植えたり……かしらね」

口にしてみると、なんとも退屈で平凡な日常だ。

「あ、でも。少しだけ得意なこともあるのよ。私の趣味は刺繍なの。もちろんユヴェール様ほど上手じゃないけど」

子供の頃から母に仕込まれていたため、身の周りの小物くらいなら、ひととおりは手作りできる。

それを聞いたラズは、その日の夕食後に、針や糸などの刺繍道具が入った裁縫箱を部屋に運んできてくれた。

聞けば、彼の部族の女性たちも、衣服や日用品に刺繍を施す風習があるという。ユヴェールがラズの故郷に滞在することになったのは、その技法に興味を持ったのがきっかけらしい。

「ユヴェール様は、こんなものも集めていましたね」

「わぁ……！」

ラズの故郷に伝わる伝統的な刺繍技法の品々に、ルディアは感嘆の声をあげた。

女性用の前掛けに襟飾り。子供用の帽子に靴下。

薄く透けるスカーフやヴェールに、羊毛フェルトの厚手のコート。

護身用の刀袋や、箸《はし》や簪《かんざし》を入れるための長袋。

それらに施された刺繍はどれも緻密で、モチーフも多彩だった。

紫や橙、朱色に黄色といった大胆《だいたん》で鮮やかな色彩にも、つい目を奪われてしまう。

「孔雀《くじゃく》もいるし、鸚鵡《おうむ》も山羊《やぎ》もいるわ。こっちは糸杉で……これは？」

「豊穣《ほうじょう》の象徴のチューリップと、魔除《まよ》けを意味する羊の角《つの》です」

「モチーフひとつひとつに意味があるのね。この糸は何で染めているの？」

そんなふうに話を弾ませているところに、一日の仕事を終えたユヴェールが戻ってきた。最近の彼は、眠りにつく前にも必ずルディアの部屋に顔を出す。

「お帰りなさいませ、ユヴェール様」

「ただいま、ルディア。――一体何をしてるんだ？」

刺繍小物が広げられたテーブルを見るなり、ユヴェールは眉をひそめた。大事なものを勝手に散らかされて怒ったのかと、ルディアは焦ってしまう。

大股に近づいてきたユヴェールは、ラズを見下ろし、平坦な声で告げた。

「ご苦労だったな。もう下がって休むといい」

「かしこまりました」

素直に従うかに見えたラズは、部屋を出て行く寸前、振り返ってにやっと笑った。

「ユヴェール様も、案外大人げないですね」

「ラズ！」

鋭い声にわざとらしく首をすくめて、ラズは口笛を吹きながら去っていった。

苦虫を噛み潰したような顔のまま、ユヴェールがどさりと長椅子に腰を下ろす。

隣に座るルディアは、不機嫌そうな空気に怯《ひる》んで、そろそろと距離を取った。

「どうして逃げるんだ」

ユヴェールに手首を摑まれ、ルディアはとっさに頭を下げた。

「申し訳ありません！　ユヴェール様が大切に集めていらしたものを……」

「ルディアには怒ってないよ。私が気に食わないのは、ラズのほうだ」

「……どうしてですか？　ラズはすごくいい子ですよ。私が刺繍に興味があるって言ったら、いろいろ教えてくれて」

「そんな話なら、私とすればいいじゃないか」

真顔で言われ、ルディアはきょとんとした。

「刺繍だろうが、機織《はたお》りや糸紡ぎについてだろうが、私のほうがずっと詳しい。なのにルディアは、私よりもラズと話すほうが楽しいのか？」

「そんなことは……」

「虎の生皮の剝《は》ぎ方だって、生糸《きいと》を吐く蚕《かいこ》の生態についてだって、私なら一晩中語れるのに」

「あ、それは結構です」

好きなことに関するユヴェールの探求心には感心するが、さすがに獣の解体の様子や、うにょうにょした虫の話をつぶさに聞きたくはない。

ともあれ——と、ルディアは反省した。

その道の達人というのは、プライドが高いものだ。知りたいことがあるのなら、そこらの素人《しろうと》よりまず自分に訊《き》けとユヴェールは言いたいのだろう。

「じゃあ、あの、教えてください。私もこんなふうに立体感のある刺繍を刺してみたいんですけど、どういうコツがあるんですか？」

ユヴェールの機嫌を取るつもりではなく、率直な希望と疑問だった。

これまでのルディアは、テント・ステッチやクロス・ステッチなどの技法で、絵画のような刺繍を刺すことを得意としていた。

一方、ラズが見せてくれた刺繍は、花弁《はなびら》や鳥の羽がこんもりと盛り上がっていて、より写実的で美しい。

「ああ、それは——」

ユヴェールはたちまち饒舌《じょうぜつ》になった。

「いろいろな方法があるんだけどね。たとえばこれは、花弁のひとつひとつに、紙の芯《しん》を入れているんだ」

「紙を？」

「そう。その周囲を、針目の小さなチェーン・ステッチで縁取《ふちど》ってるから、こんなふうに立体的になる。他にも細い絹糸で、馬の尻尾《しっぽ》の毛を巻き込みながら刺していくやり方もあるし。撚《よ》りを甘くした木綿糸で糸足を長く取るだけでも、ふっくらして見えるんだよ」

ユヴェールの説明に、ルディアは目から鱗《うろこ》が落ちる思いだった。教わったばかりの手法を、さっそく試してみたくてうずうずする。

そんなルディアの気持ちを見透かしたのか、ユヴェールはとっておきの遊びを提案するように言った。

「よかったら、今から一緒にやってみる?」

「はい、お願いします!」

——そうして、時ならぬ深夜の刺繍大会が始まったわけだが。

「ユヴェール様、あの、速い、速いです! 動きが速すぎて、よくわかりません!」

「そう? これでもゆっくり刺してるつもりなんだけどな」

長椅子の上で脚を組み、ユヴェールはのんびりと言った。

しかし針を持ったその指は、ざっしゅざっしゅと機械のように忙《せわ》しなく上下し、丸い刺繍枠に張られた布の上には、みるみるうちに大輪の赤い薔薇が出現する。

(ただ上手なだけじゃなくて、スピードまで超人的とか、なんなの1……)

これだけの手早さを誇るからこそ、五百着ものドレスを一人で縫い上げてしまえるのかと、慄《おのの》きつつも納得した。

しかも。

(こんなことをしてても絵になるなんて、さすがよね――)

針を持つユヴェールを見るのはこれが初めてだが、ルディアはまるで違和感を覚えなかった。

男性が手芸や裁縫に夢中だというと、耳で聞く分にはぎょっとするが、今のユヴェールの姿はごく自然で、ゆったりと寛《くつろ》いだ横顔に見惚《みと》れてしまう。

繊細な指先が糸をたぐり、リズミカルに針を運ぶ様子は、音楽家が自由自在に曲を奏《かな》でているかのようで。

(服作りが息抜きになってるっていうのは、本当なのね)

心から好きなことをしているときの喜びや充実感。

それはルディアにも共感できるものだったから、なんだか微笑ましいような、ほっこりした気持ちになった。

「ルディアもやってごらん。私が見ていてあげるから」

「はい」

薄く下絵を描いた布に、ルディアは針を通した。モチーフに選んだのはユヴェールと同じ薔薇で、色だけを青に変えている。

「ちょっと力を込めすぎじゃないかな。あんまり糸をきつく引っ張らないで」

「こんな感じですか？」

「うん、そう。――上手だ」

手元を覗き込まれ、ルディアはにわかに緊張した。

彼に化粧をされるときと同じくらいの密着度だが、低い声を耳に直接吹き込まれるようで、手に汗が滲む。

あっと思ったときには、布の裏から顔を出した針が、ぷつりと親指を刺していた。

「ルディア！」

――いつかの夜の再現のようだった。

ユヴェールがルディアの手を奪うように摑み、口元に引き寄せる。

柔らかな唇を指先に感じて、頬がかっと熱くなった。

濡れた舌で傷口をなぞられ、尾骨《びこつ》のあたりがぞくりとする。

「ん、っ……」

喉の奥から変な声があがって、そのことにいっそう狼狽《ろうばい》した。

（何を意識してるの？　ユヴェール様は、怪我の手当てをしてくださってるだけなのに――）

そう自分に言い聞かせ、どうにか平静を装う。

「ごめんなさい。……もう大丈夫です」

「じゃあ、これを」

ユヴェールは上着のポケットからハンカチを取り出し、傷口を覆おうとしてくれた。

そんな流れまで、あの夜の出会いと同じだ。

そのユヴェールの手が途中で止まる。

「……ごめん。こっちじゃなかった」

水色のハンカチはポケットに元に戻され、予備のものらしい別のハンカチで手当てはなされた。

(汚したくないくらい、大事なものだったのかしら?)

ポケットから覗いた最初のハンカチを何気なく見やって、ルディアは「えっ」と目を丸くした。

「もしかして、それ……――まだ持っていてくださったんですか?」

「ああ、うん」

ユヴェールははにかむように頷き、改めてそのハンカチを広げてみせた。

淡い水色の布地の四隅には、七竈《ななかまど》の白い花が刺繍されている。

七竈の花言葉は『安全』で、遊学の旅に出るユヴェールの無事を祈り、ルディアが二年前に贈ったものだ。

「君がくれた大切なお守りだからね。あの日から、肌身離さず身につけてるよ」

「そんな……ユヴェール様のほうが、ずっと上手なのに」

当時はユヴェールの趣味のことなど何も知らなかったけれど、彼の腕前を目《ま》の当たりにした今では、ひどく拙《つたな》い出来に思えて恥ずかしい。

（それに、私のお守りなんて。なんの効果もないものだって、とっくに証明されてるのに……）

苦い記憶に俯《うつむ》いていると、ユヴェールが察したように口を開いた。

「マリーゴールドの刺繍は、父上の棺《ひつぎ》に一緒に入れさせてもらったよ。父上も、君にすごく会いたがってた。――残念ながら叶わなかったけど」

「ごめんなさい。あのときは子供で、余計なことを……」

ユヴェールの父である前王が身罷《みまか》ったのは、ルディアがユヴェールと出会ってから半年ほどが過ぎた頃だ。

病床の父のことを語るとき、ユヴェールはいつもの快活さを失い、不安でいっぱいの顔をしていた。彼の母は難産の末に命を落としたというから、父親までいなくなってしまうことが怖くて仕方なかったのだろう。

そんなユヴェールのために何かをしたくて、ルディアは自分にできることを一生懸命に考えた。

肉親や身近な臣下以外は見舞いも禁止されているというので、『健康』の花言葉を持つオレンジのマリーゴールドを刺繍し、その布を額に入れてユヴェールに託した。自分なりのささやかな、おまじないのつもりだった。

(でも、あんなものなんの意味もなかった——……)

祈りの甲斐《かい》なく、ユヴェールの父は、それからほどなく息を引き取ってしまった。

ユヴェールにハンカチを贈る気も、だから最初はなかったのだ。

万年筆か懐中時計か、適当な餞別《せんべつ》の品を買って贈ろうと思っていたのに、旅立ちを前にしたユヴェールが、

『よかったら私のためにも、ルディアが刺繍した品をもらえないかな。できれば、いつでも持ち歩けるようなものがいいんだけど』

と言うので、本当にいいのだろうかと躊躇《ためら》いつつ、七竈の花を刺した経緯がある。

「そんな顔をしないで」

気まずい空気を払拭するようにユヴェールは言った。

「あの刺繍で、父上も私もすごく慰められたんだよ。父上は、私に優しい友達ができたことを喜んでくれた。だから私も、その子のために人形のドレスを作ってることを打ち明けたんだ」

「お……お父様も、ユヴェール様の趣味をご存じだったんですか?」

いまさらながらルディアは肝を冷やした。息子をおかしな道に引きずり込みよって！　とあの世から呪《のろ》われてもおかしくない。

「父上は少しも叱《しか》らなかったよ。むしろ『それはいいことだ』と笑っていたな」

懐かしい思い出を辿るように、ユヴェールは目を細めた。

「他の皆には、『男が裁縫をするなんてみっともない』『そんなことじゃ立派な世継ぎになれない』って怒られるばっかりだったから……私も初めは、自分がおかしいんじゃないかと悩んだりもしたんだ。でも、父上だけは認めてくれた」

『世の中には、一生をかけても、自分が何をしたいのかわからないまま終わる人間もいる。その歳《とし》で夢中になれることを見つけたんだから、お前は幸せな子だよ』

そう言って、子供だったユヴェールの頭を撫《な》でてくれたという。

「――優しいお父様だったんですね」

「今思うと、好きなことができるくらい健康なら、あとはどうでも構わないって気持ちだったのかもしれないけどね。いっそ私が、女性ものの服を作るだけじゃなく、自分で着てみたいって打ち明けても好きにさせてくれたかもしれないな」

「えっ、それ、私も見たいです！」

その手があったか！　と天啓に打たれた思いだった。ユヴェールほどの美形であれば、女装をしてもきっと似合う。

「……ここは笑ってほしいところだった」

冗談を真に受けられて、ユヴェールは頬を引き攣《つ》らせた。

「私はやっぱりルディアに着てもらいたいよ。君にとっては迷惑かもしれないけど」

「迷惑だなんて思ってません」

ルディアは即座に否定した。

「毎日、こんなに素敵なドレスを着せてもらえて、なんて贅沢なんだろうって思ってます。今日の服だって、本当にすごく可愛くて」

この日のルディアが着ているのは、若草色とアイボリーのストライプのドレスだった。

身頃はハイネックで、体の線に沿ったボーンが入り、スカートの背面には細かいギャザーが寄せられている。袖山は小さく膨らみ、襟元にはニードル・ポイントレースがあしらわれた、派手すぎない可憐な一着だ。

「どの服もずっと着ていたいけど、新しい服に着替えるのも楽しみですし。どんなイメージで作られたのかとか、どこの国の要素を取り入れてるのかとか、お話を聞かせてもらうのも面白いです。ちっとも迷惑なんかじゃないんです！」

「ルディア……」

ユヴェールは、ゆっくり一度瞬きをした。

拳を固めて力説していたことに気づいて、ルディアははっと頬を赤らめる。

(やだ。むきになっちゃって、恥ずかしい……)

熱くなった頬に、ユヴェールの指の背がそっと触れた。

「――ルディア」

ただ名前を呼ばれただけなのに、さきほどとはその重みがまるで違う。

囁く声には艶《つや》が宿り、瞳の紫紺が深みを増したようだった。

「私は、君に感謝している」

改めて言い出され、ルディアは戸惑った。

「……感謝、ですか？」

「ああ。私の我儘《わがまま》を聞いてくれて、こんなふうに趣味を共有してくれる。とても優しい、得難《えがた》い女性だ。それだけで満足するべきだとわかってるのに――」

ルディアの頭上に影が落ちた。

ユヴェールが斜めに身を乗り出し、長椅子の背もたれに手をついて、腕の中に閉じ込めたルディアを見下ろしていた。

「これ以上を望んでしまう私は、欲張りなのかな」

「これ以上って――」

「こういうことだよ」

ユヴェールの顔が近くなりすぎて、焦点がぼやける。

濃密な気配にすくんで目を閉じた瞬間、唇に温もりが落ちた。

「っ……!?」

息を止めたルディアは、そのまま目を開けることができなくなってしまった。

(これって……)

ユヴェールが、自分にキスをしている——そんな畏《おそ》れ多いことがこの身に起きているのだと、確かめるのが怖かった。

なのに。

「——こっちを見て」

体の芯に響く甘い声に、うっかり従ってしまいそうになる。

ルディアは必死で瞼《まぶた》に力を込めた。異性と触れ合ったことのないルディアは、現実と向き合うことを、そんな拙《つたな》い方法で退けるしかなかったのだ。

「私にこうされるのは、嫌……?」

髪の中に指を差し入れられて、雷に打たれたようにびくっとする。

そんな彼女にユヴェールは再び口づけた。

唇を重ね、軽く吸い上げては離し、また角度を変えて押しつけて。

「ぁ……ふっ——……」

ちゅ、ちゅっ――と小さな音が立つうちに、唇に湿った感触を覚え、耳の奥の血流がどくどくと勢いを増した。

習ったことのない複雑なステップで強引に踊らされているようで、心も体もついていかない。

「拒まないってことは、嫌じゃないのかな」

ユヴェールが小さく笑う気配がした。

「腹を立てて、突き飛ばしたっていいのに。真っ赤になって震えて……可愛いよ」

かすかな余裕さえ感じる口調に、ルディアは泣きたくなった。

ユヴェールにとってはキスくらい、笑いながらできるくらいになんでもないことかもしれないけれど。

「からかわないで……ください」

絞り出した声とともに、とうとう涙が溢《あふ》れた。

その拍子に瞳を開けてきっと睨《にら》めば、たじろぐようなユヴェールと目が合った。

(遊学の旅の間に、ユヴェール様はきっと、いろんな国の女性とこういうことをしたんだわ)

だからこんなふうにやすやすと、ルディアの初めてのキスを奪えるのだ。

怒りよりも恨みがましさよりも、ルディアの心を占めていたのは悲しみだった。

「ただの悪戯《いたずら》で、こんなこと……私はお相手できません」

想いの深さが違うから。

ルディアはユヴェールのそばにいられるだけで満足だったし、彼の作った服を着られるのも嬉しかった。出会った子供の頃から、彼だけを見つめて育ってきたのだ。

けれど、この国の皇太子である彼とどうこうなろうだなどと、分不相応なことは考えられない。一応は伯爵家の娘とはいえ、王族からすれば格が違いすぎる。

そんな自分をからかうなんて、ユヴェールはひどい男だ。ずっと優しい人だと思っていたのに、裏切られた気分になる。

「違う、ルディア。誤解だよ」

ユヴェールが強く言い、ルディアの両肩を摑んだ。

「悪戯や冗談でこんな真似はしない。――君のことが好きなんだ」

（…………!?）

涙に濡れた瞳を、ルディアは大きく見開いた。

確かに耳にしたはずの言葉が、頭の中でうまく意味を結ばない。

「信じられないって顔をしてるね」

ユヴェールは苦笑した。

「初めて会ったときから、私はルディアに惹《ひ》かれていたよ。君と遊ぶのが楽しくて、私を慕ってくれるのが嬉しくて、どうにかして一緒に城《ここ》で暮らせないかと叔父上相手に駄々を捏ねたこともある」

「嘘……」

「本当だ」

ユヴェールの指先が、頬に伝う涙を拭《ぬぐ》った。

「いつでもルディアのそばにいられるマリアンナが、本気で羨《うらや》ましかった。君の喜ぶ顔が見たかったから、彼女のドレスを作ろうと思いついたんだ」

（……私の、ため？）

ルディアは完全に虚をつかれた。

ただの気まぐれや好奇心からではなく、自分を喜ばせるために、ユヴェールは服作りを始めたというのか。

「さっきの父上の言葉には、続きがあってね」

ユヴェールに『幸せな子だ』と告げたあと、彼の父は言ったという。

『その女の子は、お前の作ったドレスを見て喜んでくれるんだろう？　だったら何も恥じることはない。人を喜ばせられるというのは、素晴らしいことだ』

『それ以上に素晴らしいのはな、ユヴェール。その人の笑顔のために努力しようと思えるくらいに大事な相手と、お前がすでに出会えたことだよ』

――と。

「父上が亡くなって、私はとても悲しかったけど、手を動かしてドレスを縫っている間だけは無心になれた。そういう趣味があってよかったと思えたし、そのきっかけを作ってくれたルディアの存在に救われた。そうするうちに気づいたんだ。せっかく作ったドレスを着せたい相手は、マリアンナじゃなくルディアだって。私の理想を形にした服をルディアに着てもらえたら、どれだけ可愛らしいだろうって」

まっすぐな言葉のひとつひとつが、ルディアの胸を打った。

父親を亡くしたユヴェールを、幼いルディアはどう慰めていいかわからず、ただ寄り添うことしかできなかったのに、彼は『救われた』と言ってくれる。

それが本当なら、ルディアのほうこそ救われる思いだった。

大好きなユヴェールの役に立ちたい。彼が与えてくれる数々のものに見合うだけの何かを返したいと、ルディアは昔からずっと思ってきたのだから。

「その夢が叶って、ここ最近は本当に嬉しかった。だけど、さっきも言ったように、私は底知れない欲張りなんだ。可愛い大事な着せ替え人形の、心まで欲しくなる」

ルディアの指先に、ユヴェールは羽が触れるようなキスをした。

どぎまぎして動けないでいるルディアに、駄目押しのように囁きかける。

「愛しているよ。……こんな私のことは、受け入れられない？」

ずるい聞き方だと思った。

根が正直なルディアは嘘をつくことに慣れていない。特に相手がユヴェールでは。

こんなふうに、長年の想いを打ち明けられてしまった今では――。

「私も、ユヴェール様のことが……――好きです」

追い詰められての告白のはずなのに、思い切って言葉にしてしまうと、不思議な開放感があった。

できる限り目を逸《そ》らし、直視しないようにしていた恋心は、いつの間にかこんなにも深く、胸の奥に根を張っていたのだった。

(でも――)

ふわふわと浮かれた気持ちに、さっと現実の影が差す。

自分はユヴェールに釣り合う身分ではないから。

いずれユヴェールは立場にふさわしい、もっと高貴な女性と結婚することになるのだから。

その女性のためにも、自分などを相手にしてはいけない――そう続けるつもりだったのに、言葉は声にならなかった。

「ありがとう――今この瞬間、私は世界一幸せな男だ」

ユヴェールがルディアを掻き抱《いだ》き、感じ入《い》った溜め息を洩らす。

「……大げさです」

「大げさじゃないさ。私がどれだけ嬉しいか、わからない？」

ルディアの頬や額に、ユヴェールは数えきれないほどのキスを浴びせた。

「好きだよ。本当に大好きだ」

大人びた美貌をくしゃくしゃにして笑うユヴェールに、心臓がきゅうっと引き絞られた。

自分の一言でこんなにも喜んでくれる人が、他にいるだろうか。

未来などないとわかっているのに、許される限り彼のこんな顔を見ていたいと、切なくも願ってしまう。

「ルディア……」

ユヴェールの眼差《まなざ》しはいつしか熱を帯びたものになり、肌を這《は》う唇は、やがてまたルディアのそれを覆った。

「……んんっ……！」

ぬるりと差し入れられた舌の感触に、ルディアはもがいた。

唇を合わせるだけのキスもさっきまで経験がなかったのに、一気に次の段階へ進まされて混乱する。

しかもユヴェールの手は、明らかな意志を持ってルディアの胸に触れていた。

襟元のボタンがぷちりと弾《はじ》かれる音に、全身が熱くなるような、血の気が引いて寒くなるような、矛盾した感覚に襲われる。

「駄目、です……ユヴェール様……」

「ごめん。欲張りなのが止められない」

はだけられた胸元から、真っ白なシュミーズが覗く。

その薄い生地の上から、ユヴェールは乳房の頂を探り当てた。

「あんっ……！」

指先できゅっと摘《つま》まれ、中心をやんわりと引っ掻かれて、意図しない声があがる。

「可愛い声だ――服は着せる楽しみもあるけど、脱がせるのもまた興奮するね」

乳首を弄《いじ》られる愉悦と、ユヴェールの色めいた囁きに、抵抗しなければと思う気持ちがかすんでいく。

このまま好きにさせていたらとんでもないことになる予感はあるのに、体の芯がぐにゃりと溶けてしまったようで、指一本さえ思いのままに動かなかった。

「蕩《とろ》けそうな目をしてる……」

ユヴェールの指が不埒《ふらち》さを増し、胸全体を揉みあげながら、乳頭《にゅうとう》を押し込めるような動きに変わる。

「ここ、すごく柔らかいのに、真ん中だけはこりこりしてくるね」

「っ、あ……はぁっ……」

喘ぐ口元に、また深いキスを仕掛けられた。

じゅっと吸いつき、唇を優しく食《は》まれて、熱の塊のような舌が侵入してくる。

どこもかしこも痺《しび》れたように感覚がないのに、ねっとりとまさぐられる口内と、愛《あい》撫《ぶ》を受ける乳房だけに、どうしようもない快感が居座ってルディアを惑乱させた。

(私の体……どうなっていくの……?)

性質《たち》の悪い毒のような喜悦に、どんどん駄目にされていく。

口蓋《こうがい》を舌でつつかれ、円を描《えが》くように舐められて、喉の奥が震えた。そんな場所が気持ちいいだなんて、まったく知りもしないことだった。

「あ……ん、ふぅん……っ」

「ルディアでも、そんな色っぽい顔をするんだね」

揶揄《やゆ》するつもりはないのだろうが、ユヴェールの一言にいっそう羞恥《しゅうち》を煽られる。

初めての快楽に流され、だらしなく乱れた表情を、彼の前に晒していることが耐えがたかった。

「もう……本当に、やめてください……っ」

ルディアは両手で顔を覆い、やっとのことで口にした。

ユヴェールは優しく、けれど容赦なく、その手を引き剝がした。

「駄目だよ。こんなに可愛くていやらしい姿を見せられたら、止められない」

長椅子の上に体重をかけて組み敷かれ、彼は本気なのだとわかった。

「順序を踏んであげられなくて、悪いと思う。だけど日を置いたら、君は逃げてしまうかもしれないから——」

シュミーズをぐっと引き下ろされ、とうとう乳房が零れた。

外気に触れて粟立《あわだ》つ素肌に、ユヴェールが食い入るような視線を注ぐ。

「やっ、見ないで……！」

「こんなに綺麗なものを、どうして見られずにいると思うの？」

骨ばって大きいユヴェールの手が、裸の胸をやわやわと揉《も》みしだいた。

「んあっ……」

布越しよりも、直《じか》に触れられるほうが息が詰まる。

柔らかな感触を愉《たの》しむかのように、まろやかな輪郭をなぞられ、たぷたぷと揺らされ、思いのままに弄《もてあそ》ばれるうち、下腹のほうに面妖な感覚が集《つど》っていった。

「この、さくらんぼみたいに腫《は》れて赤いところ」

淫らに尖り切った部位を、ユヴェールの親指が円《まる》くなぞった。

「美味しそうだから、味見させて？」

「んぅ……っ！」

許可なんてしていないのに、ユヴェールに齧《かじ》りつかれて上半身がしなった。

ぴちゃぴちゃと舐め啜《すす》られ、むくりと屹立《きつりつ》した乳頭《にゅうとう》から、うずうずするような快感が広がっていく。

「肌が汗ばんでる……感じてくれてるのかな」

問いかけるとも、独りごちるともつかない呟《つぶや》きが、ふるふると揺れる胸に落ちる。

そのままユヴェールは、逆側の乳首に唇を移した。

薄赤く染まった快感の粒が、ぬめる口内に引き込まれ、上下左右に転がされていく。

「んぁっ……んっ、う……！」

「私にこうされるのは、気持ちいい？」

「あっ、あ……わから、な……」

「そう。じゃあ、わかるまで続けようか」

「そ、んな……ひっ、や、はぁぁ、ああっ……！」

かり、と前歯で強めに噛まれて、高い声が迸《ほとばし》る。

じゅうっと吸引されたまま、舌先でぬとぬとと擦りあげられ、乳首がじんと熱くなった。食べる、と彼自身が言ったとおりに、本当に咀嚼《そしゃく》されてしまうのではないかと思う。

「い、やぁ……取れ、ちゃう……っ」

「取れないよ」

笑いを含んだユヴェールの声に、ルディアはいやいやと首を振った。

「痺れ、て……っ……熱いの……ぁああっ……」

「それは気持ちがいいってことじゃないのかな。——こっちの様子も見てみようか」

ユヴェールが下のほうに手を伸ばしたと思ったら、両脚がすっと冷たくなって、心臓が大きな鼓動を打った。

(——お腹、見えてる)

臍《へそ》までもが露《あらわ》になるくらい、スカートを大きく捲《めく》りあげられている。

ルディアの下半身を覆っているのは、薄布のショーツ一枚で、あろうことかユヴェールは、それまでもずらして脱がそうとしていた。

「だめっ……嫌です……!」

「恥ずかしくないよ。私しか見てない」

それこそが舌を噛んで死にたくなるほど恥ずかしいことだと、どうして彼にはわからないのだろう。

全身全霊で抵抗したつもりだったが、ユヴェールは暴れるルディアの動きさえ利用して、とうとうショーツを足先から抜き取ってしまった。

「やぁ……っ」

しゃくりあげるルディアの両脚を開かせ、その奥をユヴェールが覗き込む。

「……すごい。もうこんなにとろとろだ」

息を呑む気配が伝わってきて、ユヴェールの指がそこを撫でた。

生まれてからこれまで、誰にも触れられたことのない場所からは、ぬちゅ――と明らかに濡れた音が立った。

「まだ奥からどんどん溢れてくる。感じてくれてたんだね、嬉しいよ――」

「あ、やぁあっ……ふ、っく……あっ、あ！」

透明な蜜《みつ》にまみれた花弁を掻き分けられ、狭間《はざま》にちゅぷちゅぷと指を浅く抜き差しされるだけでも、異物感に体が引き攣《つ》る。

けれどその一方、自分の意思の及ばないところで、勝手に育っていく快感があることも事実だった。

ユヴェールの指が届かない奥のほうが、この先に起こる何かを期待して、じりじりともどかしい感覚を訴えている。

「痛くはない？　――もう少し深くするよ」

ずっ――と第二関節まで沈んだ指が、濡れた膣襞《ちつひだ》をぐるりと探った。

無遠慮に侵入してきた指を押し返そうとするように、蜜洞《みつほら》がぎゅうっとうねって、ユヴェールが息をつく。

「きついな。こんな場所に挿《い》れることを考えるだけで、果てそうだ――」

（挿れる……果てる、って……）

清らかな処女《おとめ》の身では、具体的なことを想像するのも恐ろしい。

けれどユヴェールは、ルディアの体をまさぐることにすっかり夢中だ。一度火のついた男の欲望を逸らす術《すべ》など、ルディアは知るわけもない。

「これだけ狭いなら、よく馴《な》らさないとね」

手首ごとそろりと引かれた指が、またゆっくりと蜜口《みつくち》へ潜《もぐ》り込んだ。

ぬちゃ……ぐちゅ……と泥濘《ぬかるみ》を掻き回すような音がして、もやもやした何かが胎《はら》の奥で膨らんでいく。

「っ……ぁん、中……やぁっ……」

「大丈夫、たくさん濡れてるから。――指を増やすよ」

すでにいっぱいいっぱいだと思える場所に、ぬぐっと二本目の指が入ってきた。

反応を確かめるようにあちこちを押され、とある一箇所を突かれた瞬間、ルディアの腰がびくんと跳ねて、きゅっときつく中が締まった。

「あぁっ、嫌！　そこ嫌、いやぁっ！」

何をされたのかわからない。

ユヴェールの指の力や、抽挿《ちゅうそう》の速度が変わったわけでもないのに、その一点を刺激されると鮮烈な感覚に目眩《めまい》がした。内臓のすべてが鳥肌立つようで、ひくひくと小刻みな痙攣《けいれん》を起こしてしまう。

「見つけた。ルディアの一番感じるところ」

ユヴェールの瞳がきらめき、発見したばかりの弱点を執拗《しつよう》に擦り立て始めた。

「だめ、だめ……あっ、あ……それぇ……っ！」

体が宙に浮いてばらばらになってしまいそうな予感に、ルディアは悲鳴のような声を放った。

「達《い》きそうなの？」

「い、き――……？」

「このままどんどん気持ちよくなって、頭が真っ白になることだよ」

怯《おび》えるルディアのこめかみに、ユヴェールは優しくキスをした。

不思議なことに、それだけで少し気持ちが落ち着く。

彼のすることは強引だし、ルディアの覚悟を待ってもくれないのに、この場で頼れるのはやはりユヴェールだけだという気分にさせられてしまう。

「男も女も、その感覚を知ったらやみつきになる。――私が君に教えてあげられるなら、光栄だな」

「ひ……っ、あぁぁ、んっ、あ……！」

鋭すぎる快感から逃《のが》れようとする腰を押さえつけ、ユヴェールの指が狭い膣内《ちつない》を押し捏《こ》ねる。秘処《ひしょ》から湧き出す蜜は勢いを増し、彼の手首にまで滴《したた》って、つんと甘酸っぱい匂いを漂わせていた。

ルディアの爪先が宙を蹴《け》り、内腿がぶるぶると細かく震え始める。

「そう――そのまま、身を任せて」

「あ、いや、何か来て……――んっ、んあ、ぁあぁあっ……！」

津波のような快楽が、ルディアを頭から呑み込み、揉みくちゃにした。

真空に放り出されたように呼吸が途切れ、頭の奥で白い光が弾ける。

花筒《はなづつ》がぐっ、ぐっ、と規則的に蠢《うごめ》き、痛みさえ覚えるほどの収縮がおさまったあと、ユヴェールはやっと指を抜いた。

「今のが絶頂だって、わかった？　初めから中で達けるなんて、素質があるね」

汗ばんだ髪を撫でつけながら言われたが、未知の衝撃に朦朧《もうろう》としているルディアは、荒い息をつくだけで精一杯だった。

「もっと時間をかけてあげたいところだけど……ごめん、もう我慢できない」

力の入らない両脚の間に、ユヴェールは腰を割り込ませた。

「ルディアが欲しい。君とひとつにならせて。――いい？」

「ユヴェール様……」

ルディアは彼を睨もうとしたが、その眉尻はすぐに情けなく下がった。

この期《ご》に及んでようやく、ルディアに決定権を委《ゆだ》ねてくるなんて。

(本当に、ずるい人……)

無垢な体を蕩《とろ》けさせられてしまった今では、倫理観を盾にして拒むことも難しいし
――それに。

(一度でも、いい。この一晩だけでも、私をユヴェール様のものにしてほしい――)

彼の妻になることは夢のまた夢でも、一夜限りの思い出くらいなら、望んでも構わないのではないかと気持ちが揺れる。

そのあとで、より深く傷つくことになっても。つらい未練を引きずっても。

ユヴェールが戴冠してしまえば、彼はもっと遠い人になって、ただの「着せ替え人形」としてでもそばにはいられなくなってしまうのだから。

「返事は?」

「……聞かないでください……」

ルディアの答えも充分にずるいと言っていいものだった。

けれど、はっきりとした拒絶の意志はないことを、ユヴェールはすぐに呑み込んで微笑む。

「素直じゃない君も可愛いよ」

ユヴェールのトラウザーズはいつの間にか寛げられており、驚くほど熱く、質量のあるものが、ルディアの太腿に触れた。

できるだけ正視しまいと努めるが、どうしても気になって、一瞬だけちらりと視線を走らせてしまう。

途端、ルディアは蒼白《そうはく》になり、ごくりと唾を飲んだ。

（あ……あんなに大きいものなの……？）

濃い肉の色をしたそれは、彼自身の下腹部にぴったり添うほどの角度でそそり勃《た》ち、太い血管を浮かびあがらせていた。ユヴェールの端整な美貌にはまるで似つかわしくない、意思を持った凶悪な生き物のようだ。

「気になる？」

ユヴェールは恥ずかしがる様子もなく、自分で先端を押し下げては手を離し、ぶるんと跳ね上がる肉棒を見せつけた。

「これが、今から君の中に入る。――私のものになってくれるね？」

ルディアは答えられず、ひくっと喉を鳴らした。

そんな恐ろしいことをしなければ、彼を好きだという気持ちを証明できないのだろうか。

恋や愛という甘やかな響きの先に、こんなふうに生々しい現実が待っていることを、箱入り娘のルディアはちゃんと理解できていなかった。

「こうして……しがみついていて」

言いながらユヴェールは、ルディアの両腕を自分の背中に回させた。

「つらかったら、すぐに言って。声が出なかったら、爪を立てても噛みついてもいい」

「そんなこと……」

王族の体に傷をつけるなど、不敬で恐ろしいことはできない。

「いいんだ。ルディアにだけ苦しい思いをさせるのは不公平だろう？　君を私のものにする代わりに、私も君のものになった証《あかし》を残してくれていいんだよ」

「……そういうものなんですか？」

「ああ。――いくよ」

緊張に固く窄《すぼ》まる蜜口を、丸みを帯びた亀頭が、軽いノックをするように叩《たた》く。

そのうちに、ルディアの体内から沁《し》み出てきた愛液が、触れ合う場所の摩擦を助けた。性器同士がぬるぬると擦《こす》れ、綻び始めた花唇《かしん》の狭間に雄の先端が潜《もぐ》り込む。

「あ……っ」

怯えた声を洩らすと、ユヴェールは安心させるように言った。

「まだだよ。ルディアの準備ができるまで待つって決めてるから」

どの段階で準備が整ったことになるのか、そのときはまだわからなかった。

けれどやがて、ルディアは彼の言った意味をおぼろげに理解することになる。

（お腹《なか》の奥……なんだか、変――）

月のものが来る直前のような、重ったるくて、けれど痛みとは違う感覚。

下腹が震えて波打って、秘口《ひこう》からまたこぷっと蜜が湧く。

それを塗りたくるように、ぐちゅぐちゅと雄茎《おすぐき》を揺らめかされて、ルディアの腰は無意識に、ねだるように捩《よじ》れた。

「ふぅ……んっ……」

「だんだん欲しくなってきた？」

見透かされたように言われて、ぎくりとした。

「ルディアの入り口、さっきから私のこれに吸いついて、誘ってるみたいにひくついてるから」

「っ……誘う、なんて……」

「おかしなことじゃない。女の子の体は、そういうふうにできてるんだ。私のことを好きだって、ちゃんと教えてくれてる」

本当なのだろうか――とルディアは頼りない表情でユヴェールを見上げた。

こんなふうに淫らな反応を示してしまうのは、彼を愛しているから。

ユヴェールのすべてを受け入れたいと、意識の奥底で願っているから――。

「……ゆっくりするよ」

愛液に濡れそぼった肉芯《にくしん》が、膣襞《ちつひだ》を掻き分けてじりじりと押し進められてくる。

指とは桁違いの圧迫感に、ルディアは歯を食いしばった。

「く……ぅうっ……」

「息を止めないで。――吐いて」

ユヴェールのほうも狭隘《きょうあい》な蜜路《みつろ》に侵入を阻《はば》まれ、苦しげに眉を寄せていた。

「つらい、ルディア？」

痛いからやめてほしいと言えば、ユヴェールは引いてくれたのかもしれない。

けれど苦痛の裏側で、ルディアは確かな幸福も覚えていた。

子供の頃からずっと好きだったユヴェールが、自分を求めてくれている。

今までにない距離感で抱き合い、全身で彼の体温に包まれている。

身分差の問題に目をつぶれば、それは純粋な喜びでしかなくて。

「大丈夫……我慢できます……」

「――君はどこまで優しいんだろうね」

ユヴェールが浮かべた笑みは、苦笑とも自嘲《じちょう》ともつかないものだった。

「だから私は、その優しさに甘えてしまうんだ……っ」

「ひぁっ……！」

それまでの慎重さとは打って変わって、体重をかけた突き込みが来た。

一気に隘路《あいろ》を広げられ、破瓜《はか》の痛みよりも驚きに目を瞠《みは》る。

「なんて場所だ……絞り込んで、離してくれない……」

狭い長椅子の上で、ユヴェールは息を弾ませながらゆっくりと腰を遣《つか》った。

ずっ、ずっ、と体の内側で、熱い塊が行き来しているのが信じられない。あんなに大きなものが、自分の中に本当に収まってしまうなんて。

「あ、あぁ……んん、ぁあっ！」

「最高だよ……想像以上だ」

自身の雄を蜜壺《みつつぼ》に埋め込みながら、ユヴェールはルディアの脚を押し掲《かか》げ、膝の裏にキスをした。

「私の作ったドレスを着ながら、胸とあそこだけを晒《さら》して……こんなふうに、ぐしょ濡れになった場所で、根本まで咥《くわ》え込んでくれて――」

熱に浮かされたような独白で、ルディアは今の自分がどんなにいやらしい恰好をしているのかを知る。

厚ぼったく腫れて痺れたようになっている女陰《にょいん》には、はち切れそうな剛直がずくずくと出し入れされて、愛液を白く泡立たせていた。

「中がだいぶ解《ほぐ》れてきたね……柔らかく絡みついて、気持ちいいよ」

甘やかな息を吐かれて、ルディアのそこはきゅうっとさざめいた。

——自分の体で、ユヴェールが感じてくれている。

彼の期待を裏切らなかったのだという安堵と、大人の女性としての条件を満たしたような誇らしさで、緊張が溶けていった。

「あっ……あ、あ……」

ゆるゆると揺さぶられるうち、ルディアも次第にあえかな悦《よろこ》びを拾い出す。

体内に眠っていた官能の種が芽吹き、全身に枝葉《えだは》を伸ばしていくように。

痛みを塗り替える快感に短く喘ぎ、ユヴェールの肩にしがみつくと、彼は語尾を上げて囁いた。

「少し、速く動くよ？」

律動の感覚が短くなり、屹立《きつりつ》が深く中を穿《うが》つ。子宮を押し上げられるような、奥までずぅんと響く刺激に、ルディアは首を打ち振って悶《もだ》えた。

「は……あぅ……ぁあっ、やぁんっ……！」

「ルディアのその声、もっと聞かせて」

形のいい長い指が、ルディアの下唇をなぞった。

「すごく可愛くて、腰に来る」

「腰に……？」

「どうにかなりそうなくらい、興奮するって意味だよ――んっ……」

堪《たま》らないというように唇にむしゃぶりつかれ、胸を強く揉まれた。

舌を入れるキスと、乳首ごと捏ねられる愛撫と、膣内を擦られるそれぞれの刺激で、全身が戦慄《わなな》くほどに心地いい。

「あふ、あ、んぁ、んん……っ」

ユヴェールの汗の香りと、自分の放つ雌の匂いが混ざって、頭がくらくらした。せっかくのドレスが皺《しわ》だらけになり、零した体液で汚れてしまう心配も、圧倒的な快楽の前にたちまちかすんでいく。

「ユヴェール、様……ぁああっ、好き……」

「うん――私も大好きだ」

止められない想いが口をつければ、ユヴェールも嬉しそうに応えてくれる。

甘ったるい蜂蜜の中に頭まで浸かって、果てもなく絡まり合っているような時間だった。

みちみちと膣道を広げる雄茎《おすぐき》が動くごとに、頭の芯に桃色の霧が広がっていく。

（あ、これ……また、来る……）

さっきの絶頂の感覚を、体はまだ覚えていた。

結ばれた下半身を揺らされながら、ルディアは切れ切れに訴える。

「あの……私、あの……――」

頬を上気させたルディアの表情に、ユヴェールは即座に言わんとすることを察したらしい。

「またおかしくなっちゃいそう？」

「……はい……」

「いいよ、いっぱい感じて。私と同じように欲張りになって――」

ちゅっ、と軽いキスをしたのち、ユヴェールは体を倒し、ルディアの腰が宙に浮くほどに荒っぽく突き上げてきた。

硬い肉楔で蜜壺を引っかけられ、釣り上げられるような姿勢に、これまでと違う場所が擦れてルディアの瞳孔が広がる。

「い、っあ、ひぁ、あああっ!?」

ずぷずぷと抜き差しされる陽根の感触に、蜜洞《みつほら》がざわついた。

堰《せき》を切ったような抽挿に振り落とされてしまいそうで、ルディアはユヴェールの首にしがみつき、あぅあぅと壊れたような嬌声をあげた。

「っ……中がびくびくしてきたね……」

自身を食い締める花筒《はなづつ》の変化を、ユヴェールも感じ取ったようだった。

「実は、こっちもそんなに余裕がないんだ。ルディアと一緒に達ってもいい？」

「んっ……んんっ……！」

言葉にならず、こくこくと小刻みに頷くと、ユヴェールは口元を綻《ほころ》ばせた。

「――わかった。いくよ」

「っ、ぁあ！　あん、ああぁっ！」

敏感になった粘膜に、硬い欲芯《よくしん》をこれでもかとばかりになすりつけられ、燃えるような喜悦に囚《とら》われる。

尾骨《びこつ》の裏に集《つど》った快感が、背筋を伝って這い登り、脳天を鋭く貫いた。

「あっ、んぅ……ん、んっ、あぁああ、やぁ――……！」

蜜壁《みつへき》が痙攣《けいれん》し、最奥まで呑み込んだ陰茎を食い千切るほどに激しく収縮した。

強烈な締めつけにユヴェールも呻《うめ》き声をあげ、溜め込んだものを一気に放出する。

どぷどぷと注がれる情欲の種子が、蜜壺に熱く沁《し》み渡っていった。

「……大丈夫？」

結合を解かないまま、ユヴェールが案じるようにこっちを覗き込んでくる。

汗に濡れ、額に張りついた髪を掻き分けられて、ルディアは荒い息の合間に頷いた。

（私……本当に、ユヴェール様に抱かれたのね――）

もちろん、二人の間にこの先などないことはわかっている。

それでも、今のルディアは間違いなく満たされていた。

ユヴェールの強引さに流されてしまったような形だが、こうなったことを何年経っても後悔しないでいられると思った。

「――ずっと、君とこうしたかった」

微笑んだユヴェールに改めて口づけられ、ちりりと胸の痛む切なさを覚えながら、静かな覚悟に目を閉じる。

（こんなことは、きっともうこれきりだわ……）

このときのルディアは、本心からそう思っていた。

思い込んでいた――のだが。

3　ドレスの下のふしだらな事情

ルディアがユヴェールと一線を越えた数日後。

ラズと午後のお茶をしていたところに、思いがけない人物が不意打ちで訪れ、ルディアは冷や汗をかいていた。

「デビュタントの夜以来だな、アシュトン伯爵令嬢。息災であったかね？」

「はい。お気遣いいただき、感謝申し上げます。――陛下《へいか》」

膝を折った恭《うやうや》しい礼を取りつつも、口にした敬称の重みに、胃がきりきりする。

供《とも》もつれず、気軽に立ち寄った風を装っているが、目の前に立つ初老の男性の名はダリオン＝ニルーア＝シュロテカトル。

兄であった前王の死後、甥のユヴェールが二十歳になるまでという条件つきで、玉座を預かる現国王だ。

（どうして国王様が、わざわざこんなところまでいらっしゃるの――？）

横目でラズに訴えかけるが、彼にとっても予想外の事態だったらしく、

「えー……新しいお茶を淹《い》れますね」

と、そそくさと茶葉を入れ替えに行ってしまった。

「まぁ、まずは座って話そうではないか」

口ぶりは気さくだが、ダリオンの視線は何かを探るように、ルディアの全身に注《そそ》がれていた。

(まさか、気づかれるわけはないと思うけど……)

ダリオンに隠れた透視能力でもあったらどうしようと、ありえないことを考えてそわそわする。

太り肉《じし》で白髪《しらが》交じりのダリオンは、甥にはまったく似ていない。ユヴェールの美貌は、彼を産んだときに亡くなった母親譲りのものなのだ。

「それにしても驚いたよ」

ケーキスタンドに乗ったスコーンに手を伸ばし、ダリオンはそう切り出した。

「君とユヴェールの仲がいいことは知っていたが、いつの間にあの子の秘書になどなったのかね?」

「申し訳ありません……!」

ルディアは萎縮《いしゅく》しきって頭を下げた。

「陛下に断りもなく勝手なことを……ご不快に思われるのも当然です」

ルディア自身は筋を通したくて、この城に住まわせてもらうからには、ダリオンに挨拶したいと願い出たのだ。

けれどユヴェールから、

『叔父上には、私のほうで適当に伝えておくから。君はこの部屋で何もせず、私の帰りを待っているだけでいいんだよ』

と言いくるめられ、それきりになっていた。

「いや、別に怒っているわけではないぞ」

ピスタチオのマカロンを齧《かじ》りながら、ダリオンは言った。どうやら彼は甘いもの好きで、ふくよかな体型の理由もそこにあるらしい。

「むしろ、ユヴェールが君に迷惑をかけているのではと思ってな。その服は、あの子の作ったものだろう？」

言い当てられ、ルディアはますます身を硬くした。

ラベンダー色のデイタイム・ドレスは、ハイウェストの身頃の上にオープンワークのレースを重ねた、夏らしく涼しげな一着だ。

そして、そのドレスの内側には――。

「まったくユヴェールは……相変わらず、そのように女々《めめ》しい趣味を続けて」

困ったものだとばかりに、ダリオンは溜め息をついた。

そうしながらもぽちゃぽちゃした手で、色とりどりのショコラを口の中に放り込んではいるのだが。

「いくら急《せ》かしても、毛糸の腹巻は編んでくれぬくせにな。冬になると冷えて、腹を下しやすい私の体質は知っておるだろうに」

「それはお気の毒ですね……」

編み物はあまり得意ではないけれど、一枚編んで献上しようかとルディアは思った。

ユヴェールの話よりもよほど切実に、ダリオンは腹巻を欲している。

「あの子がこの秋に戴冠することは知っているだろう？」

「はい」

「正直なところ、私はとっとと玉座を譲ってしまいたいのだよ。みっともない趣味を別にすれば、ユヴェールは何につけても優秀だ。あの子に任せていれば、この国の財政の立て直しも――いや、ごっふん、げふげふげふんっ！」

ダリオンは明らかに不自然な咳払いをし、言いかけた言葉を林檎《りんご》のパイとともに胃に収めた。

「君がユヴェールの我儘に付き合ってくれていることには感謝している」

だが、と鹿爪《しかつめ》らしくダリオンは続けた。

「国王ともなれば、ほどなくして伴侶を娶《めと》る必要が出てくる。君は思慮深い女性だろうから、あえて言うことではないとは思うが——」

「わきまえております」

露骨な釘を刺される前に、ルディアは先回りして告げた。

「私は……わたくしは殿下《でんか》の友人として、あくまで一時的に、秘書というお役目を務めさせていただいているだけです」

ダリオンを安心させるために、「一時的」と「秘書」という言葉を意識して強調する。

「そうか、うむ……そうか」

気まずい空気を誤魔化すように、ダリオンは顎鬚《あごひげ》をちょりちょりと弄《いじ》った。

ルディアのことを子供の頃から知る彼は、何かの機会で顔を合わせれば、親しげに声をかけてくれた。ルディアの父とは、学生時代に友人だったこともある間柄だ。

そんな人を困らせてはいけないと思う。

ユヴェールがどれほど『好きだ』と言ってくれても、ルディアのほうで一線を引いた態度でいなければならないのだ。

「お茶が入りました」

ラズがティーワゴンを押して戻ってきたが、ダリオンは、

「いや、もう失礼しよう」

と席を立った。

「久しぶりに話せて嬉しかったよ。ではな」

そう言いながら、テーブルの上のチーズタルトにちらちらと名残惜《なごりお》しげな目を向けている。

「あの、よろしければどうぞ」

失礼かと思いつつも、ルディアは紙ナプキンに包んだタルトを手渡した。ふっくらした頬を嬉しそうに綻ばせ、ダリオンはうきうきと帰っていった。

「お疲れ様でした」

緊張の反動で椅子の上に崩れ落ちると、ラズがねぎらうようにハーブティーを淹れてくれた。

「しかしまぁ、陛下も過保護ですね。甥っ子の女性関係にまでいちいち目を光らせて」

「ラズ、誤解よ。私とユヴェール様は別に」

「あー、はいはい。やましいこととは無縁な、清らかさ極まる友人関係ですよね。そういうことにしておくのが、ルディア様にとっても身のためですよ」

二人の間に何もないなどと、端《はな》から信じていないように首をすくめる。

「ユヴェール様の身辺に神経質になってるのは、国王様だけじゃありませんし。宰相も他の重臣方も、ユヴェール様にはどこぞの裕福な国の姫君を射止めてほしいと、切実に願ってますから」

ルディアはぱちくりと瞳を瞬《しばたた》かせた。

ユヴェールがどこかの姫君を妻にする、というところまではわかる。

だが、それが「裕福な国の」と限定されているのはどういうわけか。

「ここだけの話、シュロテカトルの財政事情は、なかなかに逼迫《ひっぱく》しているらしいですよ？」

この国の人間ではないのに、ラズはときどき妙に事情通だ。

「ダリオン陛下は、決して悪いお方じゃありません。お菓子さえ切らさなければいつでもご機嫌で、臣下に対しても気安く接してくださる朗《ほが》らかな国王様です。それでも、人柄と為政者としての手腕は別物ですから」

ラズの話によると、つまり、こうらしい。

大らかで人を信じすぎるダリオンは、奸智《かんち》に長《た》けた臣下の不正や横領に気づけなかった。

この十年でかなりの税金を取りこぼして国庫を傾けた上、事態をどうにかすべく、とある国の金山の採掘権を買ったものの、これも言葉巧みな罠《わな》で、スプーン一杯分の金さえも回収できなかった。

「たとえ子供のうちからでも、ユヴェール様を国王にしておいたほうが、よっぽどマシだったでしょうね。かろうじて他国への借金はないものの、シュロテカトルの懐《ふところ》は実は火の車なんです」

「そうだったの……」

ルディアの胸は、石で塞《ふさ》がれたように重くなった。

そういう事情なら、ユヴェールは国益のための結婚を選ばざるをえないだろう。

自由奔放に生きているように見せかけて、彼は王族としての責任感は強い男だ。そのことが念頭にあるからこそ、妃《きさき》を娶るまでのわずかな間でも、ルディアをそばに置きたいと考えたのかもしれない。

(だったら、私もそのつもりでいよう)

彼に愛されることは嬉しいけれど、この関係がいつまでも続くなどと夢見てはいけない。

ユヴェールにとって自分の存在が邪魔になったときは、いつでも身を引く覚悟をしておかなければ。

(……それでも、私には充分な幸せだもの)

拭《ぬぐ》えない寂しさを押し殺し、ルディアは己《おのれ》にそう言い聞かせた。

「今日は叔父上が来ていたんだって?」

その日の夜、寝室を訪れたユヴェールに尋ねられ、ルディアはどきりとした。

彼の脱いだ上着を受け取りながら、なんでもない素振りで頷く。

「はい。陛下もお元気そうで何よりでした」

「叔父上とどんな話をしたの」

「大したことは何も」

ユヴェールがどこまで知っているのかわからないので、受け答えは慎重になった。

ラズから何かを聞き出したかもしれないが、波風を立てるような流れには、なるべく持っていきたくない。

「わざわざ出向いておいて、何もってことはないだろう」

ユヴェールが追及の手をゆるめないので、ルディアは苦しまぎれに答えた。

「――腹巻のお話なら、少し」

「腹巻？」

「お腹が冷えると大変なことになるらしいので、ご迷惑でなければ、私が編んで差し上げようかと」

「ちょっと待て」

ユヴェールが重々しく遮った。

「ルディアにそんなことをさせるくらいなら、不本意だけど私が編むよ」

「あ、そうですよね。やっぱりユヴェール様からのほうが陛下もお喜びに……」

「身につける人間のセンスが疑われるような、とびきり変な模様にしてやるよ。黄色に紫の水玉柄で、白目を剝《む》いた死に損ないのカモノハシの編みぐるみを縫いつけるよ」

「嫌がらせにもほどがありますね⁉」

「私のルディアに勝手に近づくなんて、叔父上といえども図々《ずうずう》しいからに決まってるだろう！」

子供じみた独占欲も露《あらわ》に、ユヴェールは吐き捨てた。

「ねぇ、ルディア。私は言ったよね。君はこの部屋にいる限り、誰にも会う必要はないって」

「はい。でも……」

相手が国王ともなれば、おいそれと追い返すわけにもいかない。

そんなことはわかっているはずなのに、ユヴェールは苦い表情で寝台に腰を下ろした。

「叔父上は気づいていた？　君の着てるドレスが私の縫ったものだって」

「ええ」

「きっとまた文句を言っていたんだろうな。まぁそれはいいとして――」

ユヴェールは上目遣いになり、薄く笑った。

「まさか、ドレスの下のことまではわからなかっただろうね」

「っ……」

ルディアの頬に朱が散った。

ダリオンを前にしたときも、そのことに気づかれないかと、ひそかにはらはらしていたのだ。

「今もちゃんと着てるよね」

「……はい」

「見せて」

当たり前のように言われてぎょっとする。

「それは……」

「これも着せ替え遊びの一環だと考えてくれればいいよ。ほら、ドレスを脱いで」

我ながら情けないが、ユヴェールの甘やかな声で命令されると逆らえない。

ねっとりした視線が絡みつく中、ルディアはもたもたと襟元のホックを外した。

「そんなに焦《じ》らさないでよ。ルディアは私を期待させるのが上手だな」

ユヴェールがくっと喉を鳴らした。

そんなつもりはなかったのだが、指が震えて普段の倍以上も時間がかかってしまう。

「……これでよろしいですか」

ようやくドレスを脱ぎ終えたルディアは、お腹の前で手を組み、もじもじと内股になった。

膝の上に頬杖《ほおづえ》をついたユヴェールが、その姿にじっくりと見入《みい》る。

「いいね。黒や赤とも迷ったけど、清楚《せいそ》な君にはやっぱり白が一番似合う」

彼が言及しているのは、下着の色についてだった。

ルディアのほっそりとした肢体《したい》が纏っているのは、新雪《しんせつ》のように真っ白なビスチェとショーツ。しなやかな曲線を描く脚は、ガーターベルトで留めた薄いストッキングに覆われている。

だが、それらは一般的な下着とは異なる特殊な作りをしていた。

形のいい臍《へそ》までを隠すビスチェは、細い紐を首の後ろで結ぶホルターネック仕様だ。体の両脇には編み上げたリボンを通していて、百合《ゆり》モチーフのレース地が細い腰にぴったりと添っていた。

だが、肝心の胸部分は、そこだけ布を切り取ってあり、乳房が丸見えときている。

付け根をぎゅっと締めつけているせいで、小ぶりの桃ほどの双乳《そうにゅう》が、実際以上に大きく突き出して見えた。

その下に穿《は》いたショーツというのが、またとんでもない。

股間を覆うのは、ルディアの掌《てのひら》の半分ほどしかない三角形のオーガンジー。薄い平織の生地はシースルーで、ルディアの慎ましやかな淡い恥毛《ちもう》をありありと透けさせて見せている。

サイドにはシルクのリボンがついており、腰骨《こしぼね》の横で硬く結んでおかないと、はらりと捲れて落ちてきてしまう代物《しろもの》だ。

言うまでもなく、これもユヴェールのお手製である。一体どこからこんなデザインを思いつくのか、訊きたいようで訊きたくない。

「そんないやらしい下着をつけていたくせに、叔父上とは何食わぬ顔で話してたんだ？」

からかうように言われて、ルディアは涙目になった。

「そうだね、ごめん」

「ユヴェール様が着ろっておっしゃったから……」

ちっとも悪いと思っていないような態度で、ユヴェールはぽんぽんと自分の膝を叩いた。

「おいで」

「……失礼します」

ルディアは遠慮がちに、ユヴェールの上に腰を下ろした。初めは横向きに座ろうとしたのだが、

「違うよ。跨《また》るんだ」

と命じられ、正面から脚を広げて相対する形になる。

「うん。これだと、ルディアの綺麗なおっぱいがよく見える」

こっちのほうが恥ずかしくなるようなことをさらりと言って、ユヴェールが乳首に吸いついてきた。

「ぁ、っ……」

胸の先を軽く舐められるだけで快感が生じ、そこに芯が通るのがわかる。

むくりと隆起した薄紅色の乳頭《にゅうとう》を、ユヴェールは舌先でつつき、ぷるぷると弾いてルディアを悶えさせた。

(こんなことは、あの夜きりだって思ってたのに――……)

ルディアにとっては初恋の幕引きのつもりの情事だったが、ユヴェールの認識は違ったらしい。

むしろこれからが本番だとばかりに、ユヴェールは連日連夜ルディアを抱いた。

贈り物のラッピングを剝《は》ぐようにドレスを脱がすのも楽しそうだし、服を選ぶ段階からそのときのことを想像しているのか、ときには口笛まで吹く始末だ。

だんだんと露出の多いドレスを着せられることが増えていき、さすがに恥ずかしいと訴えると、交換条件でこの破廉恥《はれんち》な下着をつけるように言われて、仕方なく頷いたけれど――。

「はぁ……あぁ、んんっ……！」

乳首にかりっと歯を立てられ、ルディアは甘く呻いた。気持ちよくなればなるほど、流されやすい自分への後ろめたさが募《つの》っていく。

（こんなの、いけないことなのに……）

いざ別れなければならなくなったとき、未練が残るからやめてほしいと、何度か口にしようとしたこともある。

だが、実際ユヴェールに求められれば、そんな心づもりは儚《はかな》く崩れ去ってしまった。彼の性戯《せいぎ》が巧みすぎるせいもあるが、やはりルディアは、本心ではユヴェールのそばにいたかったのだ。

どうせいつか終わりが来ることはわかっている。だから、せめてそれまでは――と、浅ましい願いを抱いてしまう。

「乳首が勃《た》ってきたよ。かちかちだ」

「っ……言わないでください……」

淫らな変化を報告されて、ルディアのその部分はいっそう硬くしこった。

何度か体を重ねてわかったが、ユヴェールはセックスの場面では意地悪だ。ルディアを恥ずかしがらせることをわざと言うし、もう限界だと訴えてもなかなかやめてくれない。

しかも、ルディアがそれで余計に感じてしまうことも、どうやらばれているようで。

「ルディアの反応が可愛いから、ずっとしゃぶってあげたくなるよ。こっちも指で弄《いじ》らせて？」

右の乳首を甘噛みしながら、ユヴェールは左の乳首を指先で押し込めた。

指を離すたびに、赤く腫れた突端が、乳肉からぷっくりと盛り上がる。そこをまたぐにぐにされて、あらぬところがじゅんと疼いた。

「ぁあ、……ん……あぁっ」

「こっちも感じてきた？　なんだか湿っぽいんだけど」

いつの間にか、ルディアの秘処とユヴェールの股間はぴったりと重なっていた。

トラウザーズごしにもわかるほどに大きくなった雄のものが、ぐいぐいと恥骨《ちこつ》を押し上げてくる。

「やっ……すみませ……」

湿っぽいというのは、自分の滲ませた蜜で、彼の服を汚してしまったということだ。

ルディアは蚊の鳴くような声で謝ったが、ユヴェールはまるで頓着しなかった。

「気にしなくていい。それに、そんな下着じゃ仕方ないよね」

そう言ったユヴェールは、ルディアを寝台の端に座らせた。

自分は床に膝をつき、ルディアを見上げて笑みを深くする。

「どうなってるか、よく見せて？」

「……はい」

恥ずかしくて堪らないが、ここで抵抗してもユヴェールはあらゆる手段でなだめすかし、甘い快感を拷問のように注《そそ》いで、最後には言うことを聞かせてしまう。

そのことをこの数日で知り尽くしたルディアは、おずおずと膝を開いた。

「まだよく見えないよ。自分で膝裏を抱《かか》えて、踵《かかと》をベッドの縁《ふち》に乗せてくれなきゃ」

ユヴェールの要求は具体的な上に露骨だった。

ルディアはぎゅっと目を閉じ、言われたとおりの姿勢をとる。

レース地のストッキングを穿いた両脚を、大きく広げて。すでに濡れ始めている股《また》座《ぐら》を、自《みずか》ら突き出すように見せつけて――。

「ああ……すごく卑猥《ひわい》な眺めだよ」

息がかかるほどの距離に、ユヴェールが顔を近づけた。

オーガンジーのショーツには、実はさらなる仕掛けがあった。普通なら股間を覆うクロッチ部分に、ネックレスを流用した真珠が通っているのだ。

当然、そんな細いものでは恥肉《ちにく》も陰唇も隠せない。蜜口から溢れた雫《しずく》にまみれて、一連の真珠はつやつやと輝いていた。

真珠の紐を横にずらしながら、ユヴェールが問いかける。

「今日一日、ここがつらかったんじゃない？」

「っ……そうです……」

ルディアは泣きそうになりながら頷いた。

歩いたり座ったりするたびに、真珠は秘裂に食い込んで、ルディアを悩ましい気分にさせた。

だからなるべく動かないよう、ダリオンの前では特に気をつけて、意識を逸《そ》らしていたというのに。

「だろうね。ここがもう大変なことになってる」

「やぁっ……！」

つぷん、といきなり二本もの指を沈められて、ルディアの下腹がびくついた。

ユヴェールが指をばらばらに泳がせると、ちゃぷちゃぷちゃぷと水遊びでもしているような音が立つ。

反射的に太腿を寄せ合わせてしまいそうになるのを、ユヴェールは己の頭をねじ込むことで阻《はば》んだ。

「こんなところに、一粒だけ桃色の真珠があるね」

「きゃあっ……!?」

股間をぬるりと舐めあげられて、ルディアは悲鳴をあげた。

そんなことは初めてされたし、今日はまだ風呂にも入っていない。

その上、彼が口をつけているところは、泉が湧いたような愛液でびちょびちょになっているのに。

「いけませんっ……そこ、汚い……あっ、あぁ、いやぁあっ……！」

ユヴェールの頭をなんとか押し返そうとするが、経験したことのない刺激に、腕から力が抜けてしまう。

ユヴェールの舌は、包皮《ほうひ》から顔を出しかけた陰核をぬるぬると擦りあげていた。誰にも触れられたことのない快楽の新芽は、ぷっつりと丸く膨らみ、小粒の真珠とも言える大きさに育っていく。

「ルディアは、先に中での快感を覚えたから、こっちはこれまでおざなりだったね。私も反省してたんだよ」

殊勝《しゅしょう》らしく言いながら、ユヴェールの淫らな責めはいっこうに止《や》まない。

ぬめぬめとした舌が薄い莢《さや》を捲りあげ、秘玉《ひぎょく》の表面を直《じか》に嬲《なぶ》る。そんなに強い力を込めているわけではないはずなのに、与えられる快感は桁外れで、腰がびくびくと大きく跳ねた。

「ふ、ぁ……はぁ、ぁあああっ……！」

「いい反応だね……ルディアはこっちでもすぐに達ってくれそうだ」

ユヴェールが喋るたびに吹きかかる息の刺激ですら、花芽《はなめ》は敏感に受け止めて戦慄《わなな》く。自分の体にこれほど感じやすい場所があるだなんて、誰も教えてくれなかった。

「一緒に中も苛《いじ》めたらどうなるかな」

好奇心に駆られた子供のような呟きののち、一旦は止まっていた指が、臍裏《へそうら》を抉《えぐ》るように捏《こ》ね回した。

弾け飛びそうな肉芽《にくめ》を舌で転がされ、熱を持った花筒《はなづつ》を内側からぐいぐいと押されて、二種類の快感がないまぜになる。

ルディアは寝台の上でのたうち、乱れたシーツをぎゅっと摑んで、喉に絡まる嬌声を放った。

「っ、それ駄目、あぁ、ああ、あ――……っ！」

全身にぶわっと汗が湧き、ちりちりした激しい快感が下半身を支点に駆け抜けていった。

達したのだとわかったのは、まだ焦点の合わない目で、寝台の天蓋《てんがい》を呆然と眺めているのに気づいたときだ。

「何回見ても、達っちゃうときのルディアは可愛いな。――悪いけど、もう少し付き合ってくれる？」

「はい……」

息も絶え絶えの状態だったが、ルディアは小さく頷いた。

自分だけが達して、ユヴェールを満足させないまま終わることは気が咎《とが》める。

それに、こんなことを思うのははしたないけれど、ルディアのほうでも彼のたくましいものに貫《つらぬ》かれるのが、すっかり癖になってしまっていた。

「こっちに来て」

てっきりそのままひとつになるのかと思ったのに、ユヴェールはルディアを抱き起こすと、いつも化粧をする鏡台の前に立たせた。

「せっかく素敵な下着姿だからね。ちゃんとよく見ながらしたいんだ」

ここに手をついて、と言われ、大きな鏡の表面にすがりつくような姿勢にされる。

「お尻を突き出して……そう。いくよ――」

背後に回ったユヴェールが、ルディアの腰を摑んで引き寄せる。

次の瞬間、猛《たけ》る雄刀《ゆうとう》でずぶずぶと蜜路をいっぱいにされて、圧迫感に息が詰まった。

「すごい……入っていくのが丸見えだ」

ユヴェールが大きく腰を揺すると、彼の叢《くさむら》が尻たぶに擦れた。

こんな恰好で交わるのは初めてで、後ろからの突き上げが重くて、下半身を支える脚がくなくなと崩れてしまいそうになる。

「ユヴェール様……これ、つらいです……っ」

「そう？　でも、前を見てごらん」

ユヴェールに囁かれるまま、鏡を見たルディアは息を呑んだ。

頬を上気させ、涎《よだれ》に濡れた唇を歪《ゆが》めた女が、乳房のはみ出るビスチェ姿で腰を突き出し、内腿に愛液をたらたらと伝わせている。

「私に抱かれてるときの君は、こんなにいやらしくて綺麗なんだよ。自分でも見てて興奮しない？」

「ひっ……！」

艶《なま》めかしい声を吹き込まれると同時に、耳朶《じだ》をねろりと舐められて、ルディアは首をすくめた。

前に回されたユヴェールの手が、ぷりんと突き出した山形の乳房をこれ見よがしに揉みしだく。

「この感触、東方の国で食べた餅っていう食べ物に似てるな。柔らかくて、どこまでも指が沈んで、ずっと触っていたくなる――」

「ああ、あ……はぁん……」

乳房を揉み絞られながら乳暈《にゅううん》をなぞられ、鏡の中のルディアの表情はますます陶然と蕩《とろ》けた。

「後ろからだと、なんだか新鮮だね……ルディアはどう？　いつもと違うところに当たって感じない？」

ずちゅう——とゆっくり引かれた直後、ぱんっと強く打ちつけられて、下腹で快感が弾けた。その繰り返しが次第に速く、激しいものになっていく。

「あ、あぁ……なんだか、変、です……」

「どんな感じなの？　教えて」

「ユヴェール様の、が……いつもより……」

「いつもより？」

「お……大きくて……先っぽでぐりぐりされて……っ」

いつものルディアであれば決して言えない露骨な言葉も、快楽に酩酊《めいてい》した状態では、とめどなく白状してしまう。

「そうだね。私も興奮してるから」

鏡ごしのユヴェールがふふっと笑った。

「だけど、ルディアのほうも普段より締めつけてきてるんだよ？　狭くて温かくて気持ちがいい……ねぇ、もっと荒らしていい？」

所有の証を刻み込むように、ルディアの首筋にユヴェールはぎりっと歯を立てた。

その痛みさえ甘く感じて、喉を仰《の》け反《ぞ》らせた瞬間、さらに深く奥を突かれる。ぷち

ゆんっ！　と女陰《にょいん》から押し出された蜜が、接合部をしとどに濡らした。

「う……ん、っ、あっ、ああっ……」

あまりの快感に、鏡についた腕がぶるぶると痙攣してくる。そこに映る自分の痴態《ちたい》は蔑《さげす》みたくなるほど卑猥なのに、何故か目を逸らせなかった。

長い髪をぐしゃぐしゃに振り乱して。

眉間《みけん》に皺を寄せて、犬のようにはぁはぁと喘いで。

ビスチェやショーツから零れる肌は、白い下着とは対照的に、発情した桃色に染まっていて。

（こんなにだらしない姿を、ユヴェール様にずっと見られてたなんて……）

正直泣きたい気持ちになるが、ユヴェールはいつもこんなルディアに、『可愛いよ』『愛してる』と囁いてくれていたのだった。

綺麗なドレスで着飾った自分も、雌の顔をして乱れる自分も、ユヴェールはどちらも等しく慈《いつく》しんでくれる。

そう思うと、恥ずかしいのに胸の奥が不思議に満たされ、全身が悦《よろこ》びの声をあげた。

「そんなに締められたら、ちょっと堪《たま》らないんだけど……」

困ったように苦笑しながら、ユヴェールは律動を続けた。

「私のこれを、美味しそうに根本までしゃぶって……ルディアはもうすっかり、気持ちのいいことが大好きなんだね」

その言葉に、ルディアの胸はかすかに軋《きし》んだ。

（違うわ……私は、ユヴェール様のことが好きなのに）

確かにセックス自体を愉《たの》しんでいないとは言えないけれど、それはユヴェールとすることだから好きなのだ。

肌を重ねていないときでも、彼の声や眼差しにルディアはいつでもどきどきする。

体温が上昇し、足元がふわふわして、心臓が壊れそうにきゅっとなる。

そんなふうに自分をおかしくさせるのはユヴェールだけだ。

けれど、口に出して好きだと告げることには、今は躊躇《ためら》いがあった。

初体験の夜は、こんなことは一度きりだと思っていたから素直な想いも伝えられた。

けれど、いずれ来る別れを意識しながら抱かれる身では、どれほど感情が高まっても『愛している』と言葉にできない。

そうすることで、ユヴェールにみっともなくすがる女になってしまいそうで。

ユヴェールの優しさにつけ込んで、彼の未来を邪魔することだけはしたくなくて。

だから、ルディアにできるのは。

「いい……気持ちいいです……」

難しいことは考えず、ただ刹那的《せつなてき》な快楽に溺《おぼ》れるだけ。

そうしていれば一時《いっとき》でも不安はまぎれるし、ユヴェールも喜んでくれる。

「私もいいよ……このまま、中に出していい？」

「ええ……ください……ユヴェール様の、熱いのたくさん……」

「わかった、出すよ、いっぱい出すから……っ」

ルディアの言葉に煽《あお》られたのか、抽挿《ちゅうそう》が振り切れたように激しくなった。

爪先が浮いてしまいそうなほどの突き上げに、ルディアは舌を嚙みそうになり、歯を食いしばって嵐のような快感を受け止める。

「もう限界が近いんだけど……ルディアは……？」

「私も、です……」

「うん、じゃあ一緒に達こう」

自分の快感に集中するだけでなく、ユヴェールは常にルディアを気遣ってくれる。

セックスの最中にわざと辱《はずかし》めるようなことはするけれど、ルディアが痛がったり苦しがるようなことは、一度だってしたことはない。

「好きだよ、ルディア……」

耳元での囁きに胸がじんとし、それから波が引くように切なくなった。

ユヴェールが自分勝手にルディアの体を弄《もてあそ》ぶだけの男なら、ここまで好きになったりしなかったのに。

「ひっ、あぁ……あぁんっ、あ……！」

火傷《やけど》しそうに火照《ほて》った蜜洞《みつほら》を、膨らんだ雁首《かりくび》が奥まで穿《うが》った。ルディアを欲しがってみちみちと膨張した雄のものが、力強く奔放《ほんぽう》に、熱く狭い場所で暴れている。

「もう……ああ、はぁあ……いっちゃう……」

「ああ、私もだ……達《き》くよ……出る——……っ！」

最奥に食い込んだ亀頭《きとう》から、煮え滾《たぎ》る溶岩のような濁液がびしゃびしゃと噴き上がるのを、ルディアは絶頂の渦に巻き込まれながら感じた。

（またユヴェール様に達かされちゃった……）

ぜいぜいと息をつきながら、額を鏡に押し当てる。氷のように冷ややかな鏡面が、今はとても心地いい。

そうやって熱を冷まし、冷静にならなければ、果てもない希求《ききゅう》に取り憑かれてしまいそうだった。

ユヴェールとこうして、いつまでも抱き合っていたいという欲望と。

——彼をこのまま自分だけのものにしてしまいたいという、許されざる渇望に。

4　ご奉仕の夜と看護の夜

ざぶん！　と鼻の上までお湯に沈み込んで、うとうとしかけていたルディアは、慌てて浴槽の縁《ふち》を摑《つか》んだ。

けほけほと咳《せ》き込みながら濡《ぬ》れた顔を拭《ぬぐ》い、間一髪のところで助かったと安堵《あんど》する。

（危なかった……お風呂に入りながら、溺《おぼ》れ死んじゃうところだったわ）

大理石の浴槽に張られたお湯は、すでにあらかた冷めかけていた。このままでは風《か》邪《ぜ》をひいてしまいそうだ。

「ルディア様ー？　ずいぶん長い朝風呂ですが、大丈夫ですかー？」

曇りガラスのドアの向こうに、細身のシルエットがよぎった。いつものように朝食を運んできたラズが、様子を見にきてくれたのだろう。

（え、もうラズが来てるの？　ということは……もしかして、あれを全部見られちゃった!?）

淫蕩《いんとう》な夜の名残《なごり》そのままに、汗と体液にまみれた皺《しわ》だらけのシーツも。

行為の最中、どこかに放り出されたきりの下着も。

そして何より、ラズがいる脱衣所に置いておいた服は――。

「あれ？　これってメイド服ですか？　なんだかやたらスカートの短い……」

（きゃあああああ……――！）

声にならない悲鳴が迸《ほとばし》り、ルディアは出まかせの言い訳を重ねた。

「そ、そ、それはね！　違うの、ラズ！　ユヴェール様が、お城のメイドの制服を新調したいっておっしゃって、その試作品で……」

いつもならラズが来る前に朝風呂で身を清め、自分の手でベッドメイキングをしておくのだが、うたた寝をしてしまったせいで間に合わなかった。

それもこれも、ユヴェールが夜明けまでしつこく何度もルディアを求めたせいだ。

まだ十四歳だというラズに、爛《ただ》れた大人の世界を見せてはいけないと、これまで気を遣《つか》ってきたのに。

（しかもよりによって、こんな衣装の日に限って……）

ううう……と顔を覆うルディアの頭に、昨夜の出来事が蘇ってくる。


『今夜はこれを着てみてほしいんだ』

ユヴェールが寝室に持ち込んだ服に、ルディアは大いに面食らった。

胸の中心を小さなくるみボタンで留めた、パフスリーブの黒いワンピース。その上に重ねるひらひらした白いコットンのエプロン。

ラウンドレースのついたヘッドドレスと、襟《えり》の下に通して結ぶリボンと、エナメルのストラップシューズまでが揃《そろ》えられたこの衣装は。

『ご覧のとおり、メイド服だよ』

『……ですよね』

ルディアは間の抜けた相槌《あいづち》を打った。目の前にあるものを認識できていても、それを着ろというユヴェールの意図が読めない。

『私たちは昔、マリアンナにいろいろな服を着せて遊んだだろう？　女海賊だったり、看護婦だったり、修道女の衣装だったり』

『はい』

それぞれの職業についた設定のマリアンナを使って、宝島の探検ごっこをしたり、お医者さんごっこをしたりした覚えがある。

『あの遊びを、今のルディアとできたら楽しいんじゃないかと思ってね』

『はぁ……』

ここまで言われても、ルディアはまだわかっていなかった。

人形のものから等身大のドレスを作ることに、趣味が移行したユヴェールだ。日常的な婦人用ドレスだけでなく、たまには目先の変わった服を作ってみたい。作ったからには着せる相手が欲しい——そういうことだろうと納得し、深く考えずメイド服に袖《そで》を通した。

だって、思いもしなかったのだ。

まさかその服を着たまま、メイドになりきってごっこ遊びに付き合わされるなんて。お茶を淹《い》れるくらいならともかく、言いがかりとしか思えない理由をつけて、いやらしい「お仕置き」に持ち込まれるだなんて——。

『ああ……んんっ、ご主人、様ぁ……』

『おかしいな。ミルクが出てこない』

痛いほどに腫《は》れた乳首を吸い上げ、きゅっきゅっと搾乳《さくにゅう》する手つきで扱《しご》きあげながら、ユヴェールはわざとらしく首を傾《かし》げた。

胸だけを露出したメイド服姿のルディアは、すでに腰砕けになっていた。

乳首を弄《いじ》られるのが気持ちよくて、けれどそこだけに集中されるのはもどかしくて、なんでもいいからこの疼《うず》きをどうにかしてほしいと思う。

『あの……あの……私、もう……』

膝《ひざ》を擦《こす》り、切なげな眼差《まなざ》しになるルディアに、ユヴェールは眉《まゆ》をそびやかした。

『どうしたの？　言いたいことがあるなら言ってごらん』

『……このままじゃ、つらくて……いつもみたいに、どうか……』

『そんな言い方じゃわからないな。もっとはっきり、具体的に』

（ユヴェール様の意地悪っ……！）

恨みがましさに、ルディアは唇を噛《か》んだ。そんなやりとりの間も、ユヴェールの指先は乳首を押し捏《こ》ねていて、下腹に甘い震えが走る。

『欲しい、です……ください――私に、ご主人様の……これを……』

露骨な名称はさすがに口にできなくて、椅子《いす》に座るユヴェールの股間に、ルディアはそろそろと手を伸ばした。トラウザーズごしとはいえ、自分から彼のそこに触れるのは初めてだ。

『私のメイドは案外と大胆だな』

意外そうに嘯《うそぶ》くユヴェールだったが、余裕めかした態度とは裏腹に、その部分は重々しく膨らんでいた。

『メイドが主人におねだりなんて生意気だ。相応の対価をもらわないとね』

『対価……？』

『そう。ここに跪《ひざまず》いて』

わけがわからないまま、ルディアは彼が開いた脚の間にしゃがみこんだ。

と、ユヴェールがいきなりトラウザーズを寛《くつろ》げだしたのにぎょっとする。

ぶるんっと弾み出したものの大きさに驚き、硬直するルディアの下唇を、ユヴェールは親指でゆっくりとなぞった。

『私のこれに奉仕するんだ。――君のこの可愛《かわい》い舌と唇で』

何を求められているのか、おぼろげながら理解して、ルディアはごくりと喉《のど》を上下させた。

(ユヴェール様のこれを、私の口で……?)

彼がいつもルディアの秘処《ひしょ》を心地よくしてくれるように、舐《な》めたり吸ったりしろというのだ。想像しただけで、全身が沸騰しそうに熱くなる。

『で……できません』

ルディアは声を震わせ、許しを乞うた。

『ごめんなさい……私には無理です……』

『どうして? 汚いと思うから?』

『違います。だけど、そんなの恥ずかしすぎて……それに、きっと上手《うま》くできないし』

ユヴェールがするように、口だけで相手を達《い》かせるなんて、経験のない身では無理に決まっている。

『別に上手にされたいわけじゃない。ルディアが恥ずかしいのを堪《こら》えて、一生懸命にしてくれてるところが見たいんだ。そんな姿を思うだけで……』

ユヴェールは自《みずか》らの陽根の先に、ルディアの手を触れさせた。その鈴口からは、朝露のように透明な大粒の雫《しずく》が溢《あふ》れている。

『ね？　こんなにも期待してしまっているんだから』

ぬるぬると糸を引く液体に、ルディアは目を瞠《みは》った。

『男の人も、濡れるんですか……？』

思わず丸みを帯びた先端を摑んで、撫で回すようにしながら尋ねてしまう。

『っ……そうだよ……そうやって触られるだけでも、相当に気持ちいい……』

呼吸を浅くするユヴェールの反応から、男性の体の中で最も敏感な部分がここなのだと察した。

(そういえば、こんなに近くで見るのは初めてかも……)

自分の体の奥深くにまで入り込む雄の徴《しるし》を、ルディアは改めて凝視《ぎょうし》した。

下腹部の茂みからそそり勃《た》ったものは、太い上に長々として、まさに肉槍と呼ぶのがふさわしい。

下から支えるように触れると、ずっしりと持ち重りがして、頂の部分は円錐形《えんすいけい》に嵩《かさ》張《ば》っていた。青筋立った血管が、複雑な葉脈のように幹の周囲を取り巻いている。

(びくびくしてる……ちゃんと、ここにも血が流れてるのね)

おっかなびっくりだが好奇心も湧いてきて、ルディアは握った手をゆるゆると上下に動かしてみた。先走りの液が掌《てのひら》に広がり、にちゃにちゃと粘着質な音が立つ。

『そう……あぁ、いいよ——……』

褒められて、少しだけ自信がつく。自信がつくと勇気も出る。

手で触るだけでも気持ちがいいと、ユヴェールは言った。だったら——どうせなら、好きな人にはもっと喜んでほしい。

(下手《へた》くそで、本当にがっかりさせるかもしれないけど……)

ルディアは思い切って、握ったものに顔を寄せた。小鳥が植物の種を啄《ついば》むように、雁首《かりくび》の先にちゅっと短いキスをする。

『っ……ルディア……』

ユヴェールが声を殺し、ルディアの頭に手を置いた。

その目にはわずかな驚きと、これからされることへの期待が漲《みなぎ》っている。

『こう、ですか……？　違ってたら、教えてください……』

彼の反応を見逃さないようにしようと上目遣いになりながら、ルディアは舌を伸ばし、つるんと張りつめた皮膚《ひふ》を舐めた。

排泄《はいせつ》のための場所を口にしているという嫌悪感はなかった。自分のそこをユヴェールに舐められるときは気になって仕方がないのに、不思議なものだ。

ただ彼のためになることをしたくて、唇ではむはむと噛んでみたり、顔を傾けて横から舌を這《は》わせたりしてみる。

そうするうちに、もともと硬かったものは鋼《はがね》のような強度になり、息を乱したユヴェールが、ルディアのストロベリーブロンドを指で梳《す》いた。

『いい子だね……主人の命令によく従う、優秀なメイドだ』

『ん……ありがとうございます、ご主人様……』

馬鹿げたごっこ遊びなのに、役になりきる倒錯的な興奮が体を満たしていく。

自分は本当にユヴェールのメイドで、決して彼に逆らえない立場なのだと思えば、もっと大胆なこともできる気がした。

そのタイミングを見透かしたかのように、ユヴェールが命じる。

『咥《くわ》えて。――全部じゃなくてもいいから』

『はい……――んっ、う……』

唇の合わせ目をつつく屹立《きつりつ》を、ルディアは口を開いて迎え入れた。

剛直の質量は目で見る以上に大きくて、顎《あご》の骨が外れそうに痛む。しっかりと口を閉じられなくて、唇の端からたらたらと唾液が零《こぼ》れてしまう。

ユヴェールが深い息をつき、満足そうにルディアを見下ろした。

『温かいよ……そのまま、口の中でぺろぺろしてみて?』

『んふ……ん、うん……っ』

口腔《こうこう》を圧する雄茎《おすぐき》に、ルディアはねろねろと懸命に舌を這わせた。

ぴちゃぴちゃ、じゅる――と卑猥《ひわい》な水音がして、自分が立てている音なのに、耳の奥がぞくぞくする。床に跪《ひざまず》き、主人のものに口だけで奉仕させられるメイドという設定に、いつしかのめりこんでしまっていた。

『そこ、吸って……そう……君の胸の感触も味わいたいな――』

頭を撫《な》でるのとは逆の手で、ユヴェールがまた乳房に手を伸ばし、巧みな刺激を加えてきた。

柔らかな肉を揉《も》み回され、指の間に乳首を挟んで揺さぶられると、お腹《なか》の底がきゅんきゅんする。

『ああ……ん、ふぁう……っ！』

遠ざかっていた興奮にまた火がついて、ルディアの肩が焦《じ》れったげに揺れた。思わず肉棒から口を離し、窮状を訴えてしまう。

『駄目です。そんなふうにされたら、お口でちゃんとできません……』

『自分が感じると、私を気持ちよくできないの？』

咎《とが》めるように乳首をひねられ、『ひっ！』と息を呑《の》んだ。

『お、お許しください、ご主人様……』

『仕方がないな。だけど、初めてにしては頑張ったね』

ぽんぽんとルディアの頭を叩《たた》くと、ユヴェールは自身の雄に視線を落としてから、悪戯《いたずら》っぽい目を向けてきた。

『私のこれが欲しいんだったね？』

『……はい』

『だったら、自分から下着を脱いで跨《また》がっておいで。いやらしくて可愛いメイドに、ご主人様からのご褒美だよ』

今夜のユヴェールは、最後までごっこ遊びを続けるつもりのようだった。雰囲気に呑まれたルディアは、催眠術にかかったように自《みずか》らメイド服のスカートを捲《めく》る。

ショーツを下ろし、椅子の上の彼と向き合う形で腰を落としたものの、初めてのことで狙いを定めるのが難しい。

（どうやって挿《い》れるの……？）

中腰のまま躊躇《ちゅうちょ》していると、ユヴェールがくすりと笑った。

『自分の入り口がわからないの？——ほら、ここだ』

『あっ……!?』

彼が欲芯《よくしん》を突き上げたのか、それともルディアが無意識に頬張ろうとしたのか。

蜜口《みっくち》にあてがわれた陰茎は、剣を鞘《さや》に収めるように、濡れそぼった沼地へぬぷぬぷと潜《もぐ》り込んでいった。

『ん、あ……ぁあぁ——……っ』

虚《うつ》ろだった体内を埋め尽くされる快感に、足指の先までが痺《しび》れた。

全身を駆け巡る愉悦に身を震わせていると、ユヴェールが囁《ささや》きかけてくる。

『今、どうなってるの？　どこでどんなふうに繋《つな》がってる？』

『ご主人様の、熱いの、が……あっ、あっ……私の中に、全部入って……』

『そうだね、ぴったり嵌《は》まってる——じゃあ、このあとはどうしてほしい？』

『う……動いてください……いつもみたいに、ずんずんって……』

『ははっ、主人に命令するなんて、いけないメイドだ。だけど、そこまでおねだりするなら——』

『あぁぁ……擦れる……ご主人様のが、奥まで届いて……っ』

『達《い》くときはそう言うんだよ。ご主人様とメイドの約束だ』

『やぁ、あんっ、もう達く……気持ちよすぎて、すぐにいっちゃいます……！』

ヘッドドレスがずれてしまうほどに、がくがくと激しく突き上げられて、ルディアは呆気《あっけ》なく絶頂を極めた。

それでもユヴェールは手加減知らずで、場所を寝台に移したあとも、淫《みだ》らなメイドごっこは続けられた。

『いいの、ルディア？　ぐしょ濡れのここ、私ので突かれて気持ちいい？』

『気持ちいい……いいです……ああっ、ご主人様……やらしいメイドのここ、もっとたくさん、奥まで突いてぇ……っ』

快楽の虜《とりこ》にされたルディアは、回らない舌で繰り返し、衰えを知らないユヴェールの男根《だんこん》は、ねっとりと濃い精液を幾度となく噴き上げたのだった。


「ルディア様……一体、あなたは何をしてるんですか。男が女性に服を贈るのは、脱がせるためっていうのが常識にしても……」

ラズの溜《た》め息《いき》に、回想に耽《ふけ》っていたルディアは、浴槽の中でぎくりと我に返った。

その声には露骨に呆《あき》れた響きがあったからだ。

（きっと不潔だって軽蔑されたんだわ。なんだかんだ言っても、ラズにとってユヴェール様は大事な雇い主だもの。私程度の女じゃあの方にふさわしくないって、ラズにもわかってるはずだし……）

ラズに嫌われたのがつらくて、涙ぐみかけたルディアだったが。

「あなたはお人好《ひとよ》しすぎますよ！　こんないかがわしいメイド服まで言われるままに着てやって、ユヴェール様をどこまで調子に乗らせるつもりなんですか？　『変態王子のままごと遊びに、これ以上付き合ってられるかクソが』って、股間を蹴《け》ってやったらどうなんです？　あの方の頭に詰まってるのは、灰色の脳ミソじゃなくてピンクの海綿体ですよ!?」

「か……海綿……？」

立て板に水のごとき悪口に、ルディアは目を白黒させた。

どうやらラズが怒っている相手は、ルディアではなくユヴェールのほうらしい。

「——別にね、いいんですよ。ルディア様が本気でお嫌じゃないのなら」

ガラス戸の向こうから、ふいに静かで真面目《まじめ》な声がした。

「だけど、もしルディア様が困ってらっしゃるのなら、僕は力になりますよ。放っておくとどこまでも図に乗るユヴェール様の手綱《たづな》を取れるのは、僕だけだって自負もありますし」

「ラズ……」

思いがけず親身な言葉が、ありがたくて胸が痛い。

「心強いわ。でも、心配しないで」

ルディアはあえて、さばさばと聞こえるように言った。

「私は大丈夫だし——それに、こんなことは長くは続かないから」

どれだけ長引いたところで、戴冠式《たいかんしき》までだ。

そのあとのユヴェールは、新たな国王として今以上に忙しい日々を送るのだし、身分にふさわしい伴侶選びも進めなくてはいけない。困窮したシュロテカトルの支えになってくれる、経済的に豊かな国の姫君を。

（そう――だからこんな関係は、あくまで今だけのことなの）

日に日に大きくなる恋情をなんとか飼い馴《な》らさなければと、ルディアが苦しい自制を己《おのれ》に強《し》いている一方で。

ユヴェールは心の赴《おもむ》くまま、いっそう箍《たが》の外れた要求をルディアに突きつけるようになっていったのだった。

その日の夜。

「へぇ。ラズにメイド服を見つけられちゃったんだ？」

朝の出来事を報告すると、ユヴェールは悪びれるどころか、くつくつと喉を鳴らして笑った。

自分の部屋で湯を浴びてきたらしい彼は、ゆったりとした濃紺のナイトガウン姿だ。ヘッドボードにもたれ、寝台の上で脚を伸ばして寛ぐ様子は、ルディアにとってすでに見慣れたものになっている。

「それで、ルディアは恥ずかしかったの？　私たちのしてることがラズに知られて」

隣に座らせたルディアの肩を抱き、ユヴェールはからかうように問いかけた。

「当たり前です。ラズはまだ、ほんの子供なんですよ？　それなのに……」

「十四歳の男が無邪気な子供と一緒だなんて、本気で思ってるの？　ルディアはなんにもわかってないな」

ユヴェールはやれやれと言わんばかりに首を振った。

「少なくとも私が十四歳のときには、好きな女の子のことを想像して、いけない一人遊びに励んでいたけどね」

「っ……」

空中で、何やら卑猥な手つきの「一人遊び」を再現されて、どういうことだか察したルディアは声を詰まらせる。

（それに、『好きな女の子』って……）

「不安そうな顔して、可愛いな。もちろん君のことだよ、決まってるだろう？」

鼻の頭をちょんとつつかれて、どんな反応をしていいかわからない。

ユヴェールが他の誰かを想っていたわけでないことには安堵するが、彼が己を慰めるとき、ルディアの淫らな姿を想像されていたのだと思うと——。

「どんな妄想をしてたのか知りたい？　そうだな、一番よく使ったシチュエーションは……」

「い、いいです！　結構です！」

ユヴェールの口元を、ルディアはとっさに手で塞《ふさ》いだ。「むぐ」と呻《うめ》いた彼の瞳が、三日月のように細まって笑っている。

言うことやることは破廉恥《はれんち》極まりないのに、ルディアと過ごすときのユヴェールはいつだって楽しそうだ。

そんな彼の姿を見ていると、できる限り要望に応《こた》えてやりたいとも思うのだが――。

「ユヴェール様……今日のこの衣装はなんですか」

「着てから言う？　ルディアって突っ込むタイミングがおかしいよね」

（おかしいのはあなたの頭です）

ラズの影響か、最近は心の中でなら、辛辣《しんらつ》な言葉を放てるようになってきたルディアである。

「マリアンナの職業衣装シリーズ、その二。今夜のルディアは看護婦さんだよ。思った通り、よく似合うなー」

能天気な賞賛に頭が痛む。

今夜のルディアが着せられているのは、ぱりっと糊《のり》のきいた布地で作られた看護服だった。

すとんとした踝丈《くるぶしたけ》のワンピースも、その上に重ねる長いエプロンも、シニヨンに結《ゆ》った髪を収めた看護帽も真っ白で、余計な装飾は一切ない。露出度も低く、昨日のふざけたメイド服とは違って、いたって真面目な作りではある。

だが、いくら真面目な服であっても、病院でもない場所でこんな恰好《かっこう》をしているのは、やっぱりおかしいのだ。

「私の役は、医者か患者か迷ったんだけどね。聴診器やクスコの用意が間に合わなかったから、今夜のところは患者にしておくよ」

（いきいきした表情で宣言することじゃないと思います……）

ついでに、クスコというのはなんだろう。おそらく医療器具なのだろうが、ユヴェールのことだから絶対に妙な目的に使う気だ。

「だけど、包帯ならあるよ。私は脚を怪我《けが》して数週間は動けないという設定だ。可愛い専属看護婦さんに、優しく丁寧に巻いてほしいな」

「それくらいなら……」

どんなとんでもない要求をされるのかと身構えていたルディアは、拍子抜けした。ガウンのポケットから取り出された包帯を受け取り、右脚の脹脛《ふくらはぎ》あたりに巻きつけていく。

マリアンナで着せ替え遊びをしたときは、患者はウサギやクマのぬいぐるみで、包帯代わりのリボンを巻いたものだった——と懐かしく思い出した。

しかし、そんなほのぼのした気分に浸《ひた》っていられたのは束《つか》の間《ま》で。

「看護婦さん。実は、脚の他にも具合の悪いところがあるんだ」

包帯を巻き終えたルディアに、ユヴェールは深刻そうに打ち明けた。——という体《てい》の演技だ。もちろん。

「ここなんだけど」

「ひゃっ……!」

唐突に背中を抱き寄せられたルディアは、ユヴェールの真上に折り重なるように倒れ込んだ。

ガウンのはだけた胸元に片耳が密着し、胸の鼓動が直《じか》に伝わってくる。

「大好きな子を前にすると、心臓がばくばくして苦しいんだ。これは何の病気なんだろう?」

「……知りません」

ルディアは赤くなって、そっぽを向いた。

実際、ユヴェールの鼓動は早鳴っていて、たくましい胸元からは湯上がりの肌の匂いがした。

ルディアの心臓までつられたように脈打ち出して、これが何かの病気だというのなら——言葉にするのも恥ずかしいけれど——恋の病《やまい》以外の何ものでもない。

だがそれは、あくまでルディアの場合はだ。

(ユヴェール様は私を好きだっておっしゃるけど……それは、いやらしいことをしたい衝動を、愛情だと勘違いなさってるのかもしれないわ)

夜の行為がエスカレートするにつれて、ルディアの心には次第にそんな疑念が育ちつつあった。

というのも、デビュタントを前にした頃に、母親や乳母《うば》から口を酸っぱくして言われたからだ。

血気盛んな若い男性は飢えた獣と同じなのだから、たやすく気を許してはいけない。

『愛している』とまことしやかに囁かれたときは、まず股間を観察しろと。

(観察——なんてしなくても、これは……)

ちょうどルディアの鳩尾《みぞおち》あたりに、むくむくと突き上がるものが当たっている。

ルディアに気づかれたことにユヴェールも気づいたようで、ふふっと照れくさそうに笑った。

「心臓の他に、そっちも。——痛いくらいに腫れてるんだけど、看護婦さんがなんとかしてくれないかな?」

「っ……ご自分でなさったらいかがですか」

ルディアはユヴェールの腕を振り解《ほど》き、身を起こした。

ラズに釘《くぎ》を刺されたこともあるし、これ以上彼を調子に乗らせてはいけない。

そう思って精一杯に突き放したつもりだったのに、ユヴェールはルディアの言葉を違う意味に受け取ったらしい。

「自分でするところを、ルディアが見ててくれるの？ ……――新たな性癖に目覚めそうだね」

「そういう意味じゃっ……！」

「冗談だよ。私にそんな趣味はない。むしろ逆に、見せてほしいな。ルディアのいけない一人遊びを」

「絶対やりませんからね!?」

「光の速さで否定するなぁ」

にこにこ笑うユヴェールに振り回されて、ぐったり疲れきってしまう。

「じゃあ、看病ごっこを続けようか。傷が痛むから、痛み止めの薬を飲ませてよ」

「薬って……それですか？」

掌《てのひら》に載るほどの小瓶を翳《かざ》され、ルディアは目を瞬《しばたた》かせた。前もって仕込んでおいたのだろうが、ユヴェールのガウンのポケットからはなんでも出てくる。

小瓶の蓋《ふた》を開けると、指先ほどの小さくて赤いキャンディが詰まっていた。これを薬だと言い張るなんて、本当に子供のごっこ遊びそのものだ。

一粒摘《つま》んで口元に持っていくと、

「口移しで」

と当然のように注文をつけられる。

キスだけですむのならと、ルディアは唇にキャンディを咥えた。

が、ユヴェールの肩に手をかけた時点で、自分から彼に口づけるのは初めてだと気づいて固まってしまう。

「照れてるの？　昨日はもっと、恥ずかしいことをしてくれたのに？」

ユヴェールの指摘に、耳がかっと熱くなった。

確かに昨夜は、彼の男根を口にして、自分から体内に迎え入れることさえした。

それなのにキスくらいで躊躇《ためら》うのは、我ながらおかしなものだと思う。

（でも、目を開けるのは無理――……）

ユヴェールの端整な顔が視界いっぱいに広がると、反射的に目を閉じてしまう。

唇が重なった瞬間、ユヴェールの口内に送り込もうとしたキャンディが、向こうから押し返された。

えっ、と思ったときには、肉厚な舌がぐぐり入ってきて、溶け広がる甘い味ごと、ルディアの口腔《こうこう》を犯《おか》してくる。

「う……ふぁ……――っ、ん！」

歯列《しれつ》の裏をねっとりと辿《たど》られ、ぞくぞくした喜悦に息を吸った拍子に、うっかりキャンディを飲み込んでしまった。小さなものだったので、喉に詰まることこそなかったが、異変はすぐにやってきた。

（何……？　すごく、熱い……）

初めは、周囲の温度が上がったのかと思った。

だが、まだ秋口にもなっていない今、暖炉《だんろ》に火は入れられていないし、気温が変わるような理由もない。

「んっ……！」

耳の裏に滑らされるユヴェールの指が水のように冷たくて、とっさに首をすくめたルディアは、自分の体が異様に火照《ほて》っているのだと気づいた。

同時にお腹の底のほうから、じわじわとした甘い痺れが沸き立ってくるのに戸惑う。

（どうして？　まだキスしかされてないのに――）

触れられてもいないのに、ぴんと尖《とが》り勃《た》った乳首が硬い布地の下で擦れる。子宮がきゅんと収縮して、蜜口がとぷりと愛液を吐いた。

何故《なぜ》なのか理由はわからなくても、起こっている現象ならわかる。――体が、勝手に発情している。

「はぁ……っぁ……」

瞳は潤むのに喉が渇いて、ルディアはユヴェールの舌に舌を絡め、混ざり合う唾液を嚥下《えんげ》した。どれだけ吸っても足りない気がして、もっと飲ませてと言わんばかりに、ぴちゃぴちゃと濃厚なキスを続けてしまう。

「――薬が効いてきたかな」

くねるように揺れてしまうルディアの腰を、ユヴェールが撫で下ろした。ルディアは朦朧《もうろう》としながら、楽しそうなその声を聞く。

「くすり……？　だってあれ、キャンディ……」

「ただのキャンディじゃないし、もちろん痛み止めでもないよ。遊学の旅の間に手に入れた、とってもいい気分になれる薬――いわゆる媚薬《びやく》ってやつだね」

(何それ……！)

騙《だま》し討ちでそんなものを飲まされたことに抗議しようと思うよりも、底のない飢餓《きが》感にも似た欲求に、呼吸が荒くなってくる。

乳首も陰核もひとりでにしこって、ユヴェールの指で早く擦《こす》り立ててほしいと疼いていた。

「やぁ……こんなの、つらいっ……助けて、ユヴェール様……」

「そうは言ってもね。私はこの通り、怪我をして動けないし」

包帯の巻かれた脚に目を向け、ユヴェールは首をすくめた。本当は無傷のくせに何を言っているのかと、ルディアは恨めしく歯噛みする。

「そうだ」

さもいいことを思いついたとばかりに、ユヴェールは言った。

「ここはやっぱり、ルディアが自分ですればいいんだよ」

「自分で……？」

「私がいつもしてあげているみたいに、一人で気持ちよくなる方法を覚えてごらん。こっちを向いて脚を開いて。スカートもちゃんと捲って――」

悪い魔法にかけられたかのようだった。

全身を包む熱を散らしたくて、火照って堪《たま》らない体をなんとかしたくて。

ユヴェールに言われるまま、ルディアは広い寝台の上で、下半身を丸出しにした大股開きの姿勢を取る。

「ショーツは脱がないで、横にずらして――ああ、ひどいことになってるね。いやらしい匂いの液がいっぱい出てるよ」

捩《よじ》らせたクロッチからはみ出した媚肉《びにく》は、どろどろの蜜で汚れていた。そんな有り様を自《みずか》らユヴェールに晒《さら》したところに、さらなる指示が来る。

「割れ目を両手で開いて。いつも私を受け入れてくれる場所を、奥までよく見せて」

まう。

（こんな恥ずかしい恰好……）

一抹《いちまつ》の理性が囁くが、さんざんに蒸れて熱くなった場所に、無意識に指が伸びてし
ふっくらとした花唇《かしん》を両側からくぱりと開くと、後孔《こうこう》にまで蜜が垂れて、甘酸っぱい淫臭が立ちのぼった。

「そんなふうに見せつけちゃって……入り口がひくひくしてるの、可愛いなぁ」

いたいけな仔猫《こねこ》でも愛《め》でるかのように、ユヴェールは甘い声で囁いた。

「お腹が空《す》いて涎《よだれ》を垂らしてるみたいだよ。そんなに何かを食べたいの？」

「ああ……食べたい、です……」

「そこで何をもぐもぐしたいのかな」

「ユヴェール様の……太くて硬いの、私のここに食べさせてぇ……っ」

自分が何を口走っているのか、もはやルディアにはわからない。

（だって、欲しい。欲しい。欲しい――……）

媚薬の効果は絶大で、慎みをかなぐり捨てたルディアは、気も狂わんばかりにユヴェールの剛直を求めていた。

「あげてもいいけど、いきなりじゃ狭くてつらいよ。先に自分でよく解《ほぐ》さないと」

「そしたら……くれるんですか……？」

「ああ。ルディアが自分の指でそこをぐちゅぐちゅして、気持ちよく達《い》っちゃうところを見せてくれたらね」

「わかりました——見てて、ください……」

正気に戻ったなら、舌を嚙んで死にたいと思うかもしれないが、今だけはどうでもよかった。

温かく湿った肉の壺は、中指の一本をすぐににゅぷりと呑み込んだ。生まれて初めて触れる女の洞《うろ》は、卵の白身のような愛液でどろどろだ。

「ゆっくり抜き差ししてごらん」

「あっ……あ、あっ……」

指を引いた先から隧道《ずいどう》が閉じて、突き入れるとまたみりみりと開く。

ねっとりとした膣肉《ちつにく》の感触は何かの消化器官のようで、指が溶かされそうだった。

「自分で触るのは初めて？　中はどんな感じ？」

「初めて、です……なんだか、狭くて……」

自分の体のことなのに、こんなにも圧迫感のある場所だとは知らなかった。

「私はいつも、食い千切られそうだって思うよ」

ユヴェールは冗談めかして笑った。

「だけど、それが堪《たま》らなくいいんだ。君のその窮屈な場所を、私の形に拡《ひろ》げていくのは、すごく征服欲が満たされる」

「はぁ……あん……拡げてください……」

「まだだよ。約束しただろう？」

自慰でちゃんと達しない限り、欲しいものは与えてもらえない。

「ん、ぅふ……うっ、あ、あ……」

ルディアはぐちゅぐちゅと懸命に指を泳がせたが、あと一歩のところで絶頂に駆け上がることができずに身悶《みもだ》えた。一人遊びの経験などないルディアは、自身の快感を的確に引き出す術《すべ》をまだ知らない。

「いけ、ない……ああっ……無理ぃ……」

泣きごとを洩《も》らすルディアに、ユヴェールは「仕方ないな」と苦笑した。

「自分で気づくまで待とうかと思ったけど、じゃあ、ヒントをあげようか。ルディアのいいところは、まだ他にもあるだろう？　私はいつも弄《いじ》ってあげてるはずだよ」

その言葉に、ルディアは官能を司《つかさど》るもうひとつの部位を思い出した。

（ここ……？）

中指は体内に差し入れたまま、親指でそろりと花芽《はなめ》を撫でてみる。

媚薬の功能ですでに芽吹き、露出していた性感の塊は、わずかな刺激でもびりびりと雷《いかづち》に打たれたような愉悦を発した。

「あーっ、あ、気持ち、いい……っ！」

「そう。よくできました」

幼子《おさなご》を褒めるような声も、快楽に呑み込まれたルディアの耳には聞こえない。

溢れる露蜜《つゆみつ》を夢中で塗りつけ、丸く膨らんだ秘玉《ひぎょく》をつるつるぬるぬると捏ね回す。

ユヴェールの指戯《しぎ》と比べればがむしゃらなばかりで拙《つたな》くて、力加減もわかっていなかったけれど、媚薬で昂《たかぶ》りきった身には充分だった。

「……っ……いく、いっちゃう、ぁあああぁっ……――！」

鋭く刺さる快感が断続的に放たれて、がくんと階段を踏み外したような感覚とともに、ルディアの意識は白く散《さん》じた。

「おっと」

そのまま仰《の》け反《ぞ》って倒れかけるところを、ユヴェールに抱き留められる。

「派手に達ったね。上手だったよ」

息も絶え絶えなルディアの手を取り、愛液まみれの指をユヴェールはこれみよがしに舌を出して舐《ねぶ》った。

「美味《おい》しい――ルディアの味がする」

「はぁ……ユヴェール様……やくそく……」

異国の薬の効果は絶大で、一度達したくらいでは、欲情は少しも鎮《しず》まらなかった。

絶頂時に収縮を繰り返した蜜壺は、咥えるものがないことに焦れて、空洞を埋めてくれる雄茎《おすぐき》をいっそう貪欲に欲している。

「じゃあ、今日もルディアのほうから挿《い》れてごらん」

「えっ……」

「それで、今度はルディアが自分で動くんだ。だって私は怪我人だから。看護婦さんは患者に負担をかけさせちゃいけないだろう？」

よくもまぁ、そこまで強引なこじつけができるものだ。

冷静なルディアならそう思っただろうが、込み上がる原始的な欲求には勝てなかった。一刻も早くこの疼きをおさめたくて、そうしなければおかしくなりそうで、横になったユヴェールのガウンを捲る。

天を向いて猛々《たけだけ》しく勃起《ぼっき》したものに、自分の目の色が変わるのがわかった。

「ルディア。ご馳走《ちそう》を食べる前の『いただきます』は？」

ユヴェールの腰を跨《また》いだところで、ふざけた声が耳を打つ。

このときばかりは怒る気も、恥じらう気もしなかった。言うとおりにすれば欲しいものがもらえるのなら、なりふりなど構っていられない。

「ユヴェール様の、これ……いただきます……っ」

熱く脈打つものに手を添えて、膝立ちの姿勢からゆっくりと腰を落としていく。

肉棒の先端が秘裂《ひれつ》を割っただけで、背中を戦慄《せんりつ》が走った。濡れた膣襞《ちつひだ》が歓喜にさざめき、長々したものをぐぷぐぷと咀嚼《そしゃく》していく。

「ぁ、あ――……入ってくる、っ……」

「は――……相変わらず、すごく締まる……」

互いの恥毛《ちもう》が絡み合うところまで密着すると、反り返った陽根が子宮を押し上げる感覚に陶然とした。

「ほら、動いて。私の上で、いやらしく腰を振ってごらん」

ユヴェールに促《うなが》されるまま、ルディアはぎこちなく腰を揺らし始めた。

「ん、んっ……あ、ああっ、あぁんっ……！」

どうしたらいいかわからないと思っていたのに、本能というものは侮《あなど》れない。

これまでのセックスの経験から、心地よくなれる場所を体は覚えていたようで、そこに亀頭が当たるよう、前後に腰を動かしてしまう。

「あぁ、はぁ、っ……やあ、ああっ」

「気持ちよさそうだね……私のを使って、オナニーの続きをしてるみたいだ」

「んっ、あ、ごめん、なさい……私ばっかり、気持ちよくて……」

「何言ってるの？　こっちもすごく興奮してるよ」

ユヴェールの手が伸びて、看護服の上から胸を摑んだ。興奮の度合を示すように、ぐにぐにと強く揉みしだかれる。

「あん、ぁあ、はあ、ああっ」

「脚を立てて、ルディア。入ってるところをよく見せて」

「あっ、んぅっ……こう、ですか……？」

足の裏を寝台につけて膝を開くと、性器の結合部分がありありと眺められた。あまりの淫らさに喉が鳴り、思わず自分でも見入ってしまう。

（私のここ、こんなに広がっちゃうの……？）

半透明の蜜にまみれた陰唇《いんしん》は、裂けそうなほどに開ききって、がちがちの雄杭《おすくい》を嬉しげに咥え込んでいた。ルディアが腰を揺らめかせるたび、ぬめった花床《はなどこ》にぬぷぬぷと出入りしている様子が丸見えだ。

「ここも、こんなに赤く腫らして」

「ひぃっ……!?」

出し抜けに花芽を摘《つま》まれ、変な声が出た。

「駄目、そこ、だめです、やぁっ！」

「駄目なの？　ほんとに？　そんなに腰が捩《よじ》れてるのに？」

くりくりと敏感な一点をくじられて、過ぎる快感から逃げるように腰がのたうつ。

その結果、内壁《ないへき》を硬いものにごりごりと擦られ、気持ちよさがぐんと増した。

「最高の眺めだよ。可愛い看護婦さんが上に乗って、こんなに美味《おい》しそうに私のものをしゃぶってくれて――じっとしてるのがつらいくらいだ」

腰を突き上げたい衝動を堪《こら》える代わりのように、ユヴェールはルディアの弱点をこれでもかと責め立てた。

布地の上からなら多少乱暴でも構わないだろうとばかりに、乳首のある場所にぐりぐりと指を押し込められて、苦しいほどの喜悦に悶える。

「あっ、んぁ、ああっ、やぁっ！」

意思とは無関係に腰の動きが速まって、グラインドも大きくなって。

肌がじりじりと焦げるように熱くなり、快感の内圧が増していって。

「い、く……そんな、されたら、もうっ……」

「まだ達っちゃ駄目だよ」

いつもならそんなことは言わないのに、ユヴェールは意地悪く命じた。

「看護は奉仕の精神でするものだろう？　私だって達きたくてつらい思いをしてるんだから、患者を優先してくれないと」

「そんな……」

ルディアは思わず泣きそうになった。

ユヴェールは媚薬を飲んでいないから、今のルディアがどれだけつらいのかわからないのだ。だからそんなひどいことが平気で言える。

「患者の下《しも》の世話をするのも看護婦さんの仕事だろう？」

「そうだけど……意味が違います……っ」

「じゃあ、こう考えて。私のそこには悪い膿《うみ》がいっぱい溜まってるんだ。ルディアは治療のために、それを絞り出してくれなくちゃ」

ユヴェールとの会話は、ああ言えばこう言うの見本市のようだ。

口では勝てないと諦めたルディアは、彼を先に達かせるための律動を続ける。なるべく感覚を遮断しようとしても、絶頂の手前で焦《じ》らされた体には難しすぎた。

「あぁ……ん……あうっ……んぅうっ」

「男を興奮させるには、言葉で煽《あお》るのも有効だよ？　たとえばこんなふうに——」

そうして告げられた「台詞《せりふ》」は、頭が煮立ってしまいそうに卑猥でいやらしいものだった。

それでも、もう手段を選んでいられない。ユヴェールを射精させないことには、このままいつまでも生殺しの状態が続くだけだ。

「っ……『私の、ぐちょぐちょになったここに』……——」

震える声で、ルディアは教えられた誘惑の言葉を口にした。

「『ユヴェール様の、白くて熱い、どろどろしたの……奥までいっぱい、溢れるくらい注いでください……！』」

ユヴェールがにやりと笑い、ルディアの腰に指を食い込ませた。

「理性、壊されちゃうよね……っ」

どくんっ！　と大きく痙攣した雄芯《ゆうしん》から、灼熱《しゃくねつ》の飛沫《しぶき》がびゅうびゅうと放出された。

子宮に突き刺さるような勢いの刺激に、ルディアもめくるめく恍惚《こうこつ》に巻き込まれ、弓なりに背を反らす。

吐精を続ける陽根を貪《むさぼ》って、蜜洞《みつほら》に伸縮の引き攣《つ》りが走った。

「ああ、もう――もう、だめ……やぁあああっ――！」

胎《はら》の奥がどろどろに溶け崩れるような法悦に、指先までが痺れ、全身に鳥肌が立った。

上体を支えていることができなくなって、ユヴェールの胸にぐったりともたれかかってしまう。荒い呼吸に上下するルディアの背中を、彼は優しく撫でてくれた。

「素敵だったよ。――ありがとう」

そんなふうに言われると、これでよかったのかとぼんやり思うけれど。

「何を着せても似合うルディアが、本当に好きだよ。次はどんな衣装でしようか？」

幸せそうに弾む声に、頭の芯がすうっと冴《さ》えた。

（駄目だわ。こんなことを続けてたら、ユヴェール様がどんどんおかしくなっちゃう……）

今夜は媚薬を使われたから不可抗力だったけれど――と言い訳をして、ルディアはひそかに誓った。

こんな淫らな着せ替え遊びは、もうこれきりにする。

ユヴェールのためにも、自分が未練を残さないためにも、これ以上不道徳な関係を続けてはいけないのだ。

（次は流されないわ。絶対に――）

そう思いながらも、全身に沁《し》み渡った愉悦の名残《なごり》が決心を鈍らせるようで、ルディアはぶるりと頭《かぶり》を振り、唇をきつく噛みしめた。

5　背徳の修道女

「そういえば、言い忘れてたけれど」

ユヴェールがそう切り出したのは、媚薬を用《もち》いられて抱かれた翌日の、昼下がりのことだった。

例によって、昼食を食べるためにルディアの部屋にやってきた彼は、デザート用のスプーンを手に取りながら、ごくあっさりと告げたのだ。

「今夜は舞踏会があるんだよ」

「舞踏会？」

「そう。一応、私の無事の帰国を祝う会ということでね。国内の主《おも》だった貴族や、旅先で知り合った友人たちを招いている」

「それは……きっと大規模な集まりなんでしょうね」

自分には関係のない話だと思いながら、ルディアはほっとしていた。

そんな集《つど》いがあるのなら、ユヴェールは客人の相手で忙しいだろう。この部屋に来ることもできないはずで、つまり、今夜は彼に抱かれずにすむ。

「他人事《ひとごと》みたいに聞き流してるけど」

ユヴェールは行儀悪くスプーンをくるりと回し、ルディアの鼻先に突きつけた。

「君も出席するんだよ、ルディア。私の秘書として」

「……私も？」

思いがけない展開だった。

「だってユヴェール様は、私にずっとこの部屋にいろって……」

「それは勝手にうろうろされて、他の男にちょっかいをかけられたら大変だからさ。私の目の届く範囲でなら、むしろどんどん見せびらかしたい。とっておきのドレスを纏《まと》った魅力的な君をね！」

うきうきと語るユヴェール様は、ルディアはなんと返すべきかわからなかった。

無意識のうちに口を開けていたらしく、杏《あんず》のシャーベットをすくったスプーンを、ユヴェールが差し入れてくる。

「駄目だよ。そんなふうに無防備に可愛い唇を開いてたら、うっかり違うものをねじ込みたくなってしまう」

「ユヴェール様、今はまだ昼間です。脳内海綿体の膨張はご遠慮願います」

空になった皿を下げていたラズが、絶対零度《れいど》の眼差しで言い放った。

しかし絶好調のユヴェールは、それくらいではへこたれない。

「そういうわけで、食事を終えたらさっそく身支度《みじたく》にかかろうか。とびきり綺麗《きれい》にしてあげるから、私にすべて任せておいで」

（舞踏会だなんて……人の多い場所は苦手なのに……）

頷くことも断ることもできずに、口の中で溶けていく甘酸っぱいシャーベットを、ルディアは不安な思いで飲み下した。

舞踏会の会場は、ルディアがひと月前にも訪れた大広間だった。

あのときは無言のトルソーが空間を埋めていたが、今夜は打って変わってにぎやかに、たくさんの老若男女《ろうにゃくなんにょ》がひしめいている。

水晶のシャンデリアには数百本もの蠟燭《ろうそく》が灯《とも》され、屈折し増幅された光が、星降るようにきらめいていた。

王宮お抱《かか》えの楽団が奏でる音楽は重厚かつ優雅で、あちらこちらのテーブルには美しく盛りつけられた料理が並んでいる。

上座《かみざ》には国王のダリオンが重臣に囲まれて座っており、捧げられる酒杯もそっちのけで、ひたすら甘い菓子を口に運んでいた。

ユヴェールの席もその隣に用意されていたのだが、帰国の挨拶を述べたあとは、ほとんどじっとしていなかった。

「お帰りなさいませ、ユヴェール殿下《でんか》。御無事のお戻り、なによりでございました」

「さぞかし有意義な経験をなさったのでしょうな。ぜひともお話を聞かせていただきたく存じますぞ」

「ああ、のちほどな。ランカス侯《こう》もザイール伯《はく》も、しばらくは食事を楽しんでくれ。――おいで、ルディア」

ユヴェールが次の国王となることを見越して、今のうちに媚《こび》を売っておこうとばかりに、老獪《ろうかい》な貴族連中が群がってくる。

そんな彼らを尻目《しりめ》に、ユヴェールはルディアの手を引いて広間の人ごみにまぎれた。

「ユヴェール様、いいんですか？」

「追従《ついしょう》もおべっかも、いちいち耳に入れてちゃきりがない。それより、旅先で出会った友人を紹介するよ」

ユヴェールが歩くと左右の人垣が割れ、自然と道が開けた。

この場の主役であることはもちろん、生まれ持った気品がそもそも凡人とは違うのだ。今夜のユヴェールは古式ゆかしいテールコート姿だが、たとえ襤褸《ぼろ》を纏っていても、その美貌《びぼう》と存在感には、誰もが目を奪われるに違いなかった。

そんな彼の隣にいるだけで、ルディアも必然的におこぼれの注目を集めてしまう。

「殿下が連れているあの女性はどなただ？」

「アシュトン伯爵《はくしゃく》のところのご令嬢《れいじょう》だそうですよ。殿下の昔からのご友人で、今は秘書をなさっているとか」

「ほう。なかなかに美しい方ではないか」

「ええ、ですけど……ただの秘書にしては、いささか華やかすぎるお召《め》し物じゃありませんこと？」

（本当に！　ほんっっっとうに、その通りなんです……！）

概《おおむ》ね好意的なざわめきの中、ちくりと棘《とげ》のある声を拾って、視線の圧力に耐えかねたルディアは内心で半泣きになった。

秘書といえば一般的に、主人を陰から支える、知的で控えめなイメージの職業だ。女家庭教師《ガヴァネス》ほどに慎ましやかである必要はないかもしれないが、こんな公《おおやけ》の場で悪目立ちすべきではないというのに。

「ユヴェール、久しぶりダナ！」

かすかな訛《なま》り混じりの、威勢のいい声がした。

ユヴェールの肩を親しげに叩いているのは、頭にターバンを巻き、きららかな刺繍《ししゅう》を施した長衣《ちょうい》姿の青年だ。

（あの丈の長い服は、カフタンっていうんじゃなかったかしら）

ユヴェール仕込みの蘊蓄《うんちく》のおかげで、ルディアも異国の服には大分詳しくなった。確か、砂漠地帯の国で着用される民族衣装だったはずだ。

「来てくれたのか、ナーセル。遠いところを疲れただろう」

ユヴェールが嬉しそうに笑い、褐色の肌の青年と握手を交わした。

ナーセルの後ろには、似たような恰好の従者たちが控えていた。おそらく彼も、どこかの国の王族か貴族なのだろう。

「親友に招かれたカラには、何を置いても駆けつけるサ。そちらの美しいご婦人は、君の婚約者カイ？」

「ああ、彼女は私の幼馴染みで」

「ルディア＝アシュトンと申します。ユヴェール様の秘書を務めさせていただいております」

ユヴェールの紹介を遮《さえぎ》り、ルディアは素早く「秘書」だと主張した。周囲が聞き耳を立てているこんな状況で、おかしな誤解が広まっては困るのだ。

「へぇ……てっきりユヴェールの婚約者ダと思ったヨ。どこからどう見ても、麗しい姫君にしか見えナイし」

ナーセルは感嘆の眼差しで、まじまじとルディアの全身を眺めた。

（そう見えるのは、あくまでドレスのせいなんです……）

ルディアは自嘲気味《じちょうぎみ》に微笑《ほほえ》んだ。さきほどから聞こえる褒め言葉も、ルディア自身にではなく、きっとこのドレスに向けられているのだ。

ユヴェールが『とっておき』と言うだけあって、今夜の装いはいつにも増して凝《こ》ったものだった。

高価な香油を擦《す》り込んで細かく編み込んだストロベリーブロンドには、赤い花のコサージュと真珠《しんじゅ》を合わせた髪飾りが、大小いくつもあしらわれている。

カーマインレッドの花弁《はなびら》の中心には、黄色い蕊《しべ》がきゅっと寄り添っていて、その対比が目に鮮やかだ。東方由来の花で、ツバキというらしい。

メインになるドレスもまた、東洋の民族衣装の特徴を取り入れたものだった。

ゆったりと垂れ落ちた袖に、胸の前で左右から重ね合わせる形の服はキモノといって、艶《つや》やかな黒の絹地には流水紋や花鳥模様が隙間《すきま》なく縫い取られている。

本来なら、何本かの紐《ひも》と帯を使って着つける懸衣型《かけぎぬがた》の衣装なのだが、ユヴェールは大胆なアレンジを加えていた。

腰の片側に寄せる形で、蝶《ちょう》が翅《はね》を広げたような形のリボンを大きく結び、その下はたっぷりとギャザーを取ったオーバースカートに仕立て直している。

キモノ地の下から覗《のぞ》くアンダースカートは、シャンデリアの光を弾《はじ》くシャンパンゴールドのサテン生地だ。襟元と袖口には繊細なレース装飾が施されており、東洋と西洋それぞれの文化が不思議に融和した一着だった。

率直に言ってとても豪華で、目で見て観賞するだけなら本当に素晴らしいと思う。

だが自分がそれを着て好奇の視線に晒されたり、過分な賛辞にいたたまれない思いをするのでは話は別だ。

（もっと無難なドレスならよかったのに……）

作り手のユヴェールには申し訳ないが、引っ込み思案なルディアには切実な問題だった。

どんな服でも作れるユヴェールなのだから、どうせキモノの国にちなむなら、『隠れ蓑《みの》』でも編んでくれればよかった。テングという妖怪《ようかい》の持ち物で、それを着ると姿を消すことができるという、この場にこそふさわしい魔法の品だ。

（これだけ顔が広いなら、妖怪の知り合いだって一人くらいはいるんじゃないの？）

そんなことをつい思ってしまうほど、大勢の友人たちにルディアは次々と紹介された。そのたびに何度も先回りして、ただの秘書だということを強調しなければいけなかった。

「ユヴェール様！」

緊張と気疲れでふらふらになっていたところに、ふいに甲高い声が響いた。

どんっ！　と誰かに斜め後ろからぶつかられて、ルディアは大きくよろけた。

すかさずユヴェールが腕を掴んでくれて、無様に転ぶのは免《まぬが》れる。

「大丈夫か？」

「は、はい……ありがとうございます」

振り返ったルディアは、榛色《はしばみいろ》の目を見開いた。

「お久しぶりです、ユヴェール様！　あたしね、ずっとずっと、ユヴェール様にお会いしたかったの！」

ユヴェールの首根っこにぶらさがるようにして、見知らぬ金髪の少女が抱きついている。

かすかに吊《つ》り目気味の青い瞳や、ユヴェールの肩に頬《ほお》を擦り寄せて甘える姿は、自由奔放な仔猫のようで――実際、ルディアよりも大分年下のようだ。せいぜい十二、三歳といったところで、パニエの上に重ねたパステルオレンジのシャーリングドレスがよく似合っている。

（誰かしら……すごく可愛らしい子だけど……）

「――リアナ」

ユヴェールが瞳を瞬《しばたた》かせ、少女の背に手を回した。

離れてほしいと促《うなが》すようにも、親愛の抱擁を交わす仕種《しぐさ》にも見えた。前者であってほしいと思っている自分に気づいて、ルディアははっとした。

（相手は年下の女の子よ。そうじゃなくたって、ユヴェール様の交友関係に口を出せるような立場じゃないのに――）

反省して身を引いたところに、今度は澄んだ女性の声がかかった。

「リアナ。この方に無礼をお詫《わ》びしなさい」

肩に手を置かれて振り仰《あお》げば、そこには貴婦人という概念を形にしたような、美しい女性が立っていた。

一筋の乱れもなく結い上げた髪は、リアナと呼ばれた少女と同じ、蜂蜜《はちみつ》のような黄《こ》金色《がね》。瞳はやや薄いアイスブルーで、その分理知的な印象を与えている。

年齢は四十歳前後のようだが、上品なカッティングで晒された背中には、余分な贅《ぜい》肉《にく》も染みもない。銀河を閉じ込めたようなラピスラズリのネックレスが、ほっそりした鎖骨の中心で輝いている。

青とも緑ともつかない、孔雀《くじゃく》の羽に似た光沢を放つシルクシャンタンのドレスは、めりはりのある体の輪郭にぴったりと添ったマーメイドライン。打ち寄せる波を思わせるオーガンジーの装飾がアシンメトリーに散っていて、ちょうど今の季節の海を統《す》べる精霊のようだった。

「あなたはさっき、こちらのお嬢さんを突き飛ばしたのよ。ユヴェール殿下にばかり目が向いていて、気づいていなかったようだけど」

「えっ」

リアナは瞳を真ん丸にし、びっくりした表情になった。ルディアのもとにぱたぱたと駆け寄ってきて、申し訳なさそうに言う。

「ごめんなさい、お姉様。あたしったら、そんなにひどいことをしていたの？」

「い、いえ……お気になさらないでください。大丈夫ですから」

誰かに『お姉様』などと呼ばれたのは初めてで、ルディアはうろたえた。

しゅんとしたリアナの様子を見る限り、彼女は本当に無自覚だったらしい。悪気がなくてしたことなら、水に流すに限る。

「この子は本当にお転婆《てんば》で、普段から手を焼いているの。わたくしからも謝ります。ごめんなさいね、お嬢さん」

母親に近い年齢の、けれど母親よりずっと美しい女性に丁寧に謝罪され、ルディアはなんとなくどぎまぎした。

「ル……ルディア＝アシュトンです。ユヴェール様の」

「秘書でしょ。他の方に挨拶していたのが聞こえていたわ」

ふふっと笑った彼女は、眦《まなじり》にかすかな皺こそ寄っていたけれど、その瞬間だけはリアナよりもずっと幼い無邪気な少女のように見えた。

（不思議な人……だけどすごく綺麗で魅力的な方だわ）

きっと高貴な人なのだろうと思っていると、ユヴェールが進み出て、胸に手を当てた恭《うやうや》しい礼を取った。

「ご無沙汰《ぶさた》しております、ジェニアータ女王陛下《へいか》。ディアギルに滞在した折には何かとご厚誼《こうぎ》を賜《たまわ》り、ありがとうございました」

「こちらこそ、息子が増えたようで楽しかったわ。リアナのお守《も》りまでさせてしまって、勉学の邪魔になったのでなければいいけれど」

「お母様ったら。あたし、そんなに子供じゃないわ！」

頬を膨らませて主張するリアナと、優雅な仕種で肩をすくめるジェニアータ。

彼女たちの身分を察したルディアは、慌てて畏《かしこ》まり頭《こうべ》を垂れた。

（この方があの有名な、ディアギルの女王のジェニアータ様――）

ディアギルとは、シュロテカトルの南方に位置する昔からの友好国だ。

温暖な内海《うちうみ》に面し、風光明媚《ふうこうめいび》な島々を有するディアギルは観光を主産業としており、近年は特に潤っていると聞く。

また、ディアギルでは女性であっても王位の継承が認められていた。現女王のジェニアータは二十代半《なか》ばに戴冠し、国内の有力貴族と結婚して三人の子を儲《もう》けた。

不幸なことに彼女の夫は、末っ子の王女――これがおそらくリアナのことだ――が生まれて間もなく早逝《そうせい》したというが、伴侶を亡くしたのちも、聡明なジェニアータはよく国を治めた。特に福祉に力を入れていることと、優秀な女性官吏《かんり》を積極的に登用することで、名君の呼び声が高いという。

「それにしても、陛下のお召し物は本日も素晴らしくていらっしゃいますね」

ユヴェールの言葉は、きっとお世辞ではないのだろう。

直《じか》に触れてじっくりと構造を確かめたそうな興味の眼差しを、ジェニアータは心地いい賛美として受け止めたらしい。

「ありがとう。年甲斐《としがい》もない着道楽だって、リアナはいい顔をしないけれど、あなたは本心から褒めてくれるから嬉《うれ》しいわ」

ジェニアータは微笑み、再びルディアに向き直った。

「あなたのドレスもとても綺麗ね。創造性に溢れてて、他では見たことのない雰囲気だわ。よかったら、どちらのデザイナーのものなのか教えてくださる？」

「え……ええと……」

（言えるわけない――！）

ルディアの背中にぶわっと汗が湧いた。

一国の女王からの質問を無視することはできないし、かと言って本当のことも告げられない。

絶体絶命だと思った、そのとき。

「うーわー。手がー、滑ったー。うっかりー」

この上ない棒読み台詞とともに、シャンパングラスが宙を舞った。

淡い金の飛沫《しぶき》がユヴェールの顔面に降りかかり、ガシャン！ と床の上でグラスが砕け散る。

周囲が一瞬で静まり返り、リアナの悲鳴のような声が響いた。

「ユヴェール様、大丈夫ですか⁉」

「破片がありますので危ないですよ」

駆け寄ろうとしたリアナの前に割り込んだのは、グラスをわざと投げたラズだった。

彼もまたユヴェールの従者として、つかず離れずの距離に控えていたのだ。

「せっかくの席での不調法を、心よりお詫び申し上げます」

さきほどの大根芝居が嘘《うそ》のように、ラズは神妙にうなだれた。

「殿下には大変な失礼をいたしました。どのような処罰も甘んじて受けますので、どうぞご沙汰を」

「――いや。こんなものは、着替えればそれですむことだ」

ハンカチを取り出し、濡れた顔を拭《ぬぐ》ったユヴェールは、爽《さわ》やかに微笑んでみせた。

美貌の皇太子《こうたいし》の寛大な態度に、周囲の女性たちから「まぁ」とも「きゃあぁ」ともつかない歓声があがる。

「私はしばし中座させてもらうが、宴はこれからだ。皆、パートナーとダンスを楽しんでいてくれ」

朗々と言ったユヴェールは、楽団に向けてぱちりと指を鳴らした。奏者たちが慌てて楽譜を捲り、舞踏曲の演奏が始まる。

颯爽《さっそう》と去っていくユヴェールに、リアナが悔しそうな声をあげた。

「あん、やだ、ユヴェール様！　あたしと踊ってくださらないと……！」

「仕方がないでしょう、リアナ。我儘《わがまま》は慎みなさい」

愛娘《まなむすめ》を窘《たしな》めるジェニアータは、すっかり母親の顔になっていて、ルディアに向けた問いかけのことを忘れているようだった。

(助かった……)

「ありがとう、ラズ」

小声で礼を言うと、

「いいえ。あれは、あそこでなんのフォローもしないユヴェール様が悪いんです」

とラズは不機嫌そうに呟《つぶや》いた。主《あるじ》に対して働いた無礼を、まるで反省していない。

「それにしても、なんだか厄介なことになりそうですね」

まだ駄々を捏ねているリアナを一瞥《いちべつ》し、ラズは独りごちた。

「厄介って?」

「リアナ王女ですよ。あの親子は、これからしばらくシュロテカトルに滞在する予定になってるんです」

「それがどうして……」

「ダリオン陛下とジェニアータ女王の間で、これまでに何度か書簡がやり取りされてるんですよ」

ラズの声が小さくなった。

「リアナ王女は、ご覧のとおりユヴェール様にご執心です。ディアギルに遊学中のあの方に一目惚《ひとめぼ》れをなさったそうで。そしてダリオン陛下は、経済的に豊かなディアギル王家と、前々から縁戚関係を結びたがっているんです」

「もしかして――」

ルディアは足先がすうっと冷えていくのを感じた。

気の毒なものを見る目で、ラズが「ええ」と続ける。

「あのリアナ王女が、今のところ最も有力な、ユヴェール様の婚約者候補というわけです」

ラズの言ったとおり、舞踏会の翌日から、ディアギルの女王親子は賓客《ひんきゃく》として丁重にもてなされることになった。

それに伴《ともな》い、ルディアの一日の流れはこれまでと大きく変わった。

かつてディアギルで世話になった手前、ユヴェールは彼女たちの相手を務めないわけにはいかず、ルディアと過ごす時間が極端に減ったのだ。

（——ちょうどいい機会だったんだわ）

寂しいと感じそうになると、ルディアはすかさずそう考える癖をつけた。

（身分からしても、リアナ様とユヴェール様は釣り合ってるし。ディアギルと縁続きになることは、この国にとってもいいことだもの）

ユヴェール自身の意志がどうであれ、王族の婚姻《こんいん》とは利害を第一に考えてなされるものだ。

リアナの年齢からして、今すぐ結婚という流れにはならないにしても、正式な婚約が交わされるのは時間の問題だろう。

そんなときに、ユヴェールのそばに、体の関係を持つ女などいてはならない。

そう結論づけたルディアは、夜になってやっと部屋のドアを叩くユヴェールに、一貫した態度を取り続けた。

「ルディア、私だ。今夜こそ顔を見せてくれ」

「申し訳ありません。まだ体調が優《すぐ》れないのです」

誰がどう見てもわかる仮病だ。

だが、これに関してはラズが味方になってくれた。ユヴェールと距離を置くと決めたルディアの心情を慮《おもんぱか》って、

「病気がうつるといけませんから。ルディア様のお世話は僕に任せてください」

と、渋るユヴェールを強引に追い返してくれた。

本当は今すぐにここを出ていくべきなのかもしれないが、ルディアを躊躇《ためら》わせる理由に、両親の存在があった。

例の舞踏会にはアシュトン伯爵夫妻も招かれていて、ユヴェールが退出したあと、いそいそと娘のもとにやってきたのだ。

『元気か、ルディア。ユヴェール様の秘書はしっかり務められているのかい？』

『重要なお役目を任されて、私たちも鼻が高いわ』

人の好《よ》い夫妻は、ユヴェールがルディアをそばに置く本当の理由も知らず、これぞ一族の誉《ほま》れだとにこにこしていた。

『社交界でも、最近はお前のことばかり聞かれるよ。優秀なご令嬢がいて羨《うらや》ましいと言われるたびに、くすぐったい気分になるな』

『こんなに立派なドレスも誂《あつら》えてもらって。ユヴェール様にはとてもよくしていただ

いているのね』

『……ええ、そうよ。本当に、分不相応なくらい』

両親の笑顔を曇らせたくなくて、ルディアは曖昧《あいまい》に微笑むしかなかった。

あんなにも期待をかけられ、自慢に思ってもらって、その矢先に屋敷に戻れば、きっとがっかりされてしまう。それだけでなく、一体何があったのかと根掘り葉掘り問い質《ただ》されるかもしれない。

娘を疵物《きずもの》にされたと知れば、いくら相手が皇太子とはいえ、両親は怒り悲しむだろう。

ルディア自身も納得し、一時《いちじ》の関係だと割り切った上のことであっても、純潔を失ってしまったからには、まともな結婚は望めない。

だからルディアはこう決めた。

秋になってユヴェールの戴冠式を見届けたら、それを区切りに城を辞する。もともとそういう約束だったのだし、ルディアがつれない態度をとり続けていれば、その頃にはユヴェールも諦めてくれると思いたい。

そうして、そのあとは。

（――私は修道女になろう）

傍《はた》から見れば突飛すぎる身の振り方かもしれないが、ルディアの中ではごく自然な成り行きだった。

未婚のまま両親に迷惑をかけたくないし、万が一、誰かの後妻にというような形の縁談があったとしても、ユヴェール以外の男性を愛せる気はしなかった。

すでにその決意は、ラズにだけは話している。

（今頃、ユヴェール様はリアナ様と楽しく過ごしていらっしゃるのかしら）

切ない想像に胸が痛むと、ルディアは聖典を読み耽《ふけ》り、水晶の数珠《じゅず》を連ねたロザリオを握り締めて祈った。

（どうか、この浅ましい執着を捨てきれますように。ユヴェール様の幸せを、心から願える自分になれますように――）

もともと、さほど信心深かったわけでもない自分が、こんなときだけ神にすがるのは、むしがよすぎるというものだろう。

だからこそ、半端な気持ちではないのだと証明したくて、ルディアはユヴェールの訪れを拒み、昼も夜も祈り続けた。

――そんな努力が、まったくの裏目に出るのだとは思いもしないで。


「どうして私を無視するんだ。いい加減にしてくれないか」

眉間《みけん》に皺を寄せたユヴェールが部屋の扉を蹴破ったのは、彼を出入り禁止にしてから五日目の夜だった。

「申し訳ありません、ルディア様。力ではかないませんでした……」

「お前は下がっていろ」

強行突破されて悄然《しょうぜん》とするラズに吐き捨て、ユヴェールはずかずかと部屋に踏み入ってきた。

ちょうど床に跪《ひざまず》き、祈りを捧げていたルディアは、彼の厳しい眼差しに怯《おび》えて後ずさった。

「驚いたな。修道女になるっていうのは、本気なのか」

ルディアの手にしたロザリオに目をやり、ユヴェールは鼻白むように言った。

(喋《しゃべ》ったの?)

とっさにラズに目をやると、「すみません」と口の動きだけで謝られ、なんとなく事態を察した。最近のルディアの様子を尋ねられ、ユヴェールの執拗《しつよう》な詰問に音《ね》を上げて、口を割らざるをえなかったというところだろう。

「あの……話せば長くなるんですけど、結論から言えば」

――あなたへの恋心を断ち切るためです。

その一言を口にする前に、ユヴェールは場違いな笑みを浮かべた。

「その話は、ここじゃない場所で聞くよ」

さっきまで怒っていたとも思われない猫撫で声で。

けれどその瞳の奥には、底知れない暗い情念が宿っていて。

「君の決心がどれほどのものか、神様の前で証明してもらおうじゃないか」


シュロテカトル王城の敷地内には、壮麗な大聖堂が建てられている。

歴代の王はここで洗礼を受け、長《ちょう》じて戴冠し、婚姻の誓いを立て、人生の終焉《しゅうえん》には大規模な国葬をもって天に送られてきた。

床にはマーブル模様の大理石が敷かれ、金の列柱は優美なアーチを描《えが》いて、宗教画で彩《いろど》られた丸天井に続いている。

黒檀《こくたん》の祭壇を覆っているのは、二百年も前の著名な彫刻家が手がけた、巨大なブロンズの天蓋《てんがい》だ。柱の上方では浮き彫りにされた天使が花を撒《ま》き、ラッパを吹き鳴らして、聖なる神の降臨を寿《ことほ》いでいる。

数多くの聖人や殉教者《じゅんきょうしゃ》の像が高い場所からこちらを見下ろしていて、どんな不信心な人間でも、この荘厳さには自然と胸打たれ、敬虔《けいけん》な気持ちになると思われた。

——そんな神聖極まる場所に、もっとも似つかわしくない婀娜《あだ》めいた声が反響する。

「っく……ん……はぁ……あっ……」

ステンドグラスごしに降り注ぐ月明かりが、祭壇の上を青く照らす。

そこに後ろ手をついて腰かけ、開いた脚の間に男の欲望を受け入れているのは、一人の年若い修道女——ではなく、修道女の服を着せられたルディアだった。

濃灰色《のうかいしょく》のワンピースには白い襟飾りが縫いつけられ、頭髪をすっぽりと覆うヴェールをかぶっている。

「ほら、祈りの言葉はどうしたの？」

丈の長いスカートを捲りあげ、剝《む》き出しの秘裂《ひれつ》に昂《たかぶ》る陽根を突き込みながら、ユヴェールは酷薄《こくはく》に囁いた。

『本気で修道女になるつもりなら、ちょうどいい。ルディアの信仰心が本物なら、私に何をされたところで、神様は君を祝福してくれるはずだからね』

そんな言葉とともに押しつけられた修道服を、半《なか》ば無理やりに着せられ、祭壇の前で祈るように言われた。

そのくせユヴェールは、祈禱《きとう》をするルディアの背後から胸をまさぐり、太腿《ふともも》を撫で回して、祈りの邪魔をしてきた。

『やめてください』と抗議した唇を塞がれ、舌を絡められて力が抜けた。そのまま下着をむしり取られ、祭壇に尻を載せるように抱《かか》え上げられ、体の中心をずぶずぶと硬いもので貫かれて――。

「あっ……あ……いと高き、聖なる場所におわします神よ……」

肉体の誘惑に負けてはいけない。

ユヴェールに何をされようと、快楽に屈してはいけないのだ。

その考えだけにすがり、蜜壺《みつつぼ》をずぐずぐと穿《うが》たれながらも、ルディアは懸命に祈りを紡いだ。

「我が罪を、ここに懺悔《ざんげ》し……七度の祈りを捧げしゆえに……穢《けが》れたこの身を、祝福の光で浄《きよ》めたまえ……っ、ん――！」

「わかる？　今、先っぽが子宮に当たってるよ」

膣の奥深くまで挿入しながら、ユヴェールは左右に腰を揺すった。

ごりっ、ごりっ、と亀頭が子壺《こつぼ》の入り口を抉《えぐ》って、意識が飛びそうになるほどの絶頂に登りつめかける。

「あ、ああ……っ、そこ駄目、ぐりぐりしちゃ、んっ、駄目ぇ……！」

「あれ、もう降参？」

ユヴェールはルディアの耳朶《じだ》に歯を立て、艶《つや》めいた声で囁いた。

「場所と衣装のせいで、ものすごくいけないことをしてる気分だね。ルディアが修道女なら、私はさしずめ、君を唆《そそのか》す淫魔《インキュバス》といったところかな」

くつくつと笑われて、ルディアは朦朧《もうろう》と思う。

(いいえ――……堕天使だわ)

悪魔は醜い怪物だけれど、ユヴェールの空恐ろしいほどの美貌は、神に愛されて生み出されたものだ。

(そして、ユヴェール様を天から堕としてしまったのは、私――……)

ユヴェールをここまでおかしくさせたのは、彼を受け入れた自分の責任だ。

聖なる場所で、こんなにも罰当《ばちあ》たりな行為を、嬉々《きき》として行うような人間にさせてしまった。

もはや、両親にどう思われるかなどと気にしている場合ではない。

ユヴェールの目を覚まさせるためには、一刻も早く彼のそばを離れるべきだ。そうすれば彼もきっと良識を取り戻し、立場にふさわしいリアナとの縁談を進めていくはずだから。

(――それを悲しいなんて、思うことが間違いなの)

ルディアは意を決し、唇を開いた。

「ユヴェール様……私、もう……」

「何？　違きそうなの？」

それも本当だったけれど、ルディアは懸命に首を横に振った。

ぐずぐずとした想いを振り切るように、息を吸って一気に告げる。

「あなたのそばにいるのは無理です。これ以上、ユヴェール様の着せ替え人形ではいられません……！」

瞬間、場の温度がすうっと下がった気がした。

「――ってるの」

「え？」

「自分が何を言ったか、わかってるの？」

半眼《はんがん》になった紫紺の瞳が、闇の中でほの暗く光る。

信じられないことを聞かされたというように、ユヴェールはルディアを強く睨《にら》みつけていた。

「約束が違う」

ぎりっ――と不穏な音がした。

ユヴェールが奥歯を砕けるほどに噛みしめたのだ。

「どうしていまさら？」

短く責め立てる声が恐ろしくて、ルディアの身がすくんだ。

確かに約束では、ユヴェールの戴冠式まではそばにいるという話だった。

けれど、もう無理だ。潮時だ。

ルディアがユヴェールを思い切れなくなるだけでなく、このままでは彼のほうも、あるべき倫理や節度を踏み越えてしまう。

「君は、私を好きじゃないのか」

「ぁうっ――！」

叩きつけるような突き込みに、ルディアの背がしなった。

「愛してたんじゃなかったのか……！」

ユヴェールは祭壇の上にルディアを押し倒し、裏切りを許さないとばかりに、猛然と腰を叩きつけ始めた。

「ひぁ、あっ、ああ、はぁあああっ！」

体重をかけてぐちゅぐちゅと、激しく内奥を掻き回される。

ずっ、ずぬっ、と男根が出入りするたび、臍《へそ》の裏の急所を的確に突かれて、喘《あえ》ぎ声とともに涎《よだれ》が垂れた。

「ああっ、やっ、んあぁ、あっ、ああっ」

硬い祭壇に当たった背中が痛い。

その痛みも、腹の中をめちゃくちゃに荒らされる快感に塗り変えられていく。

ぐぽっ、ずぼっ、と膣奥で空気の潰れる音が立ち、氾濫《はんらん》する勢いで噴き出した蜜液が、修道服のスカートに粗相《そそう》をしたように染みていった。

「こんなにぎゅうぎゅうに締めつけて……今日もたっぷり中に出してほしいってこと？」

はっ、とせせら笑うような息を吐かれて顎を摑まれ、唇に嚙みつかれる。ざらついた舌が強引に歯列《しれつ》を割って入り、ルディアの舌をきつく絡めて吸い上げた。

「んんぅ……くふ、ぁあ……」

深く食らいつかれて、犯されて。

「どこにも行かせないよ」

身じろぎもできないほど抱きしめられ、腰だけをばつばつと狂おしい速さで打ちつけられて。

「神にだって、君を渡さない。私なしじゃいられない体に作り変えてあげるから」

「あんっ、あっ……あっあっあっあぁ！」

喉を破られそうなほどの深い挿入感は、苦痛と紙一重の法悦だった。

最奥までをいっぱいにされ、ぐりぐりと腰を押し上げられると、痺れた肉芽《にくめ》が潰れて悲鳴があがる。

気持ちがよくて、おかしくなりそうで、泣きだしたくなるほど怖かった。

ユヴェールがルディアを手離すつもりは微塵《みじん》もなく、快感で縛りつけて支配するというのが本気だとわかってしまったから。

「や、っあ……ゆるして……どうか……」

ルディアは虚空《こくう》を見上げ、どこにいるとも知れない神に祈った。

この穢《けが》れた罪深い行為を。

色欲《しきよく》に堕ちた我々を。

引き返すことができるものなら、どうか赦《ゆる》してくださいと。

「まだ神にすがる気か？」

祈りの形に組み合わされた指を見て、ユヴェールが舌打ちし、ルディアの首にかかったロザリオに手をかけた。

「だったら、いきなよ。――天国に」

ぶちっ――と音を立ててロザリオが千切れ、水晶の珠《たま》が宙に弾け散った。

ぎりぎりまで引き抜いた雄杭《おすくい》を、勢いよく奥に打ち込まれたとき、眼裏《まなうら》がちかちかと明滅し、ルディアは喉を反らせて声なく叫んだ。

全身がぶるっ、ぶるっ、と小刻みな痙攣《けいれん》を繰り返す中、子宮めがけて放たれた精液に体内を焼かれて、視界がぼんやりと白んでいく。

「……君が私を恨んでも」

気を失う寸前にルディアが見たのは、荒い息をつきながらこっちを見下ろしているユヴェールだった。

「逃がせないんだ。愛してる。——ごめんね」

ぽつりと落とされた言葉に含まれていたのは、申し訳なさや後悔ではなく。

——背筋が冷たく凍るほどの、所有の決意と宣言だった。

6　囚われ猫の受難

カタカタカタカタ――と、どこかから機械的な音がしていた。

（なんの音……？）

意識がゆっくり浮上するとともに、ルディアは音の正体を探る。

これは――そう、ミシンだ。足踏みミシン。

ペダルを踏むと針が上下し、上糸と下糸が絡み合って、瞬《またた》く間に布が縫い合わされていく。

――カタカタカタ……カ、タ。

「できた」

ミシンの音が止《や》み、満足げな呟きが聞こえた。

誰の声なのかに思い至った瞬間、ルディアははっとして起き上がった。

「ああ、ルディア。おはよう」

ミシン前の椅子に座ったユヴェールが、体ごとこっちを向いた。

ごく日常的な挨拶をされて、ルディアは当惑した。気を失う前の出来事を覚えていたから、余計にだ。

（私は聖堂で……修道女の恰好で、ユヴェール様に……抱かれて）

何やら肌寒さを覚え、体を見下ろしたルディアはぎょっとした。修道服どころか、今の自分は一糸《いっし》纏わぬ裸だったのだ。

寝かされていたのはベッドではなく、布張りの長椅子。風邪をひかないようにという配慮なのか、一応シーツのような布がかけられてはいる。

改めて周囲を見回し、ルディアは目を瞬《しばた》かせた。

これまでに見たことのない部屋だ。

「ここは……――」

「私の作業場だよ」

壁や天井の優美な装飾さえ除けば、そこは仕立て屋の光景そのものだった。

ミシンがあり、広い作業台があり、その上には定規や裁《た》ち鋏《ばさみ》、型紙や糸巻きやピンクッションなどが整然と並べられている。

壁一面は作りつけの棚になっており、服飾のためのあらゆる素材が揃っていた。

厚い紙の芯に巻かれた様々な色のシルクやブロケード。シフォンにメリヤスにジョーゼット。

中身の見えるガラス瓶には、細々としたボタンやビーズやスパングルが、星を閉じ込めたように輝いている。

おはよう、とユヴェールが言ったように、今はどうやら朝のようだ。

カーテンの開かれた窓からは、早朝らしい光が差し込んでいた。聖堂からこの部屋にルディアを運んで、ユヴェールはずっとここにいたのだろうか。

「ちょうど新しい衣装ができたところだよ。見てごらん。可愛いだろう?」

ユヴェールが立ちあがり、得意げに言った。

差し出されたものを見て、なんと答えたものか、ルディアは言葉に詰まった。

(衣装っていうより、これは……)

淡いピンクのファー生地で縫われたビスチェとショーツ。それだけならただの下着だが、ショーツの後ろから伸びているのは、ふさふさした長い尻尾《しっぽ》だ。

残りのパーツはカチューシャで、先端が軽く折れ曲がった三角形の耳がついていた。

「今日のルディアは私だけの仔猫になるんだよ」

有無を言わさぬ笑顔で、ユヴェールはそれらを押しつけた。

「ずっと裸でいたいならそれでもいいけど。他に着るものはないからね」

「あっ……」

体に巻いていた布を引き剝《は》がされ、ルディアは頼りない声をあげた。

こんな朝から全裸でいるわけにもいかず、少しでも肌を隠すために、仕方なくビスチェとショーツを身につける。

「カチューシャもだよ。それが一番大事なんだ」

（……猫耳が？）

子供の仮装ならともかく、大人の女がこんなものをつけるなんて滑稽すぎる。

しかし今は、ユヴェールに逆らってはいけない気がした。

昨日の夜から、彼は少しおかしい。

表面的にはにこやかだが、それは薄皮一枚の笑顔で、少しでも機嫌を損なえば何をされるかわからない危うさを感じた。

「ああ、やっぱり！　想像以上に似合うね！」

猫耳カチューシャをつけたルディアを前に、ユヴェールははしゃいだ声をあげた。

「最後に、これは私がつけてあげよう」

ペンダントでもかけるように、ユヴェールがルディアの首の後ろに手を回す。

ちりん――と澄んだ音が、鎖骨のすぐ上で響いた。

それは、本物の猫につけるような首輪だった。

下着と同じ、柔らかなファー素材でくるまれてはいるが、生きた人間に首輪を嵌《は》めるという発想が、遊びにしてもなんだか怖い。

「これでルディアは私の可愛い飼い猫だ。――おいで」

絨毯《じゅうたん》の敷かれた床にクッションを置くと、その上に胡坐《あぐら》をかいて、ユヴェールはルディアを手招いた。

この部屋に時計はないが、時間が気になる。いつもならもうじき、ラズが朝食を準備してくれる頃合いではないだろうか。

「あの、ユヴェール様……朝の支度をなさったほうがよろしいんじゃ」

「猫は喋らないよ」

ユヴェールがぴしゃりと言った。

「声を出したいなら、『ニャア』か『ミャア』だ。それに、二本脚で立ってるのもおかしいね。四つん這いになってここまで来るんだ」

ユヴェールは微笑んでいたが、その声に冗談の気配はかけらもなかった。

どうすべきかわからず突っ立っていると、眼差しが次第に険を帯びる。

「聞こえなかった？　猫は耳がいいはずなんだけどな」

（……今だけは、言うとおりにしたほうがいいかも）

ルディアはおずおずとその場に手足をついた。

屈辱や悔しさを感じるよりも、ユヴェールが何を考えているのかわからないことが不安で怖かった。

「そうだよ。いい子だね」

ユヴェールのそばまで這っていくと、よしよしと頭を撫でられた。まるで本当の猫のように、くるりと丸くなった姿勢で、彼の膝の間に収められてしまう。

「ねぇ、ルディア。お腹が空かない？」

上着のポケットから、ユヴェールは紙に包まれたビスケットを取り出した。

「い……」

いいえと答えかけ、『猫は喋れない』と言われたことを思い出したルディアは、言葉を呑み込んで首を横に振った。こんな異様な状況で、何かを食べるような気分には到底なれない。

「ちゃんと食べておかないともたないよ。これからは、ラズが君の世話をしてくれることはないからね。この部屋にずっと閉じ込めて、私以外の人間とは死ぬまで会わせないようにするから」

（え……？）

とんでもないことを言われて、体が強張《こわば》る。

「ビスケットがいらないなら、こっちはどうかな」

ユヴェールが出し抜けにトラウザーズの前をはだけ、まだ力のない肉塊をルディアの唇に押しつけた。

「やっ……！」

初めてのことではないけれど、ルディアの意志を無視したそのやり方に、とっさに頭を振って拒んでしまう。

「しっかりしゃぶって、口の中で扱《しご》いて。搾《しぼ》りたてのあったかいミルクは、猫の好物だろう？」

指を突っ込まれて無理やりに開かされた口の中に、ぐにゃりとしたものが割り入ってきた。

「歯を立てたらお仕置きだよ」

ルディアは何もしていないのに、力づくで性器を咥《くわ》えさせるという状況に興奮したのか、陽根がむくむくと膨らんで狭い口腔《こうこう》を押し広げた。

「ん、んぅっ――う……」

昨夜の精をこびりつかせたままの雄茎《おすぐき》は生臭く、喉の奥に当たるのが苦しくて、ルディアはぽろぽろと涙を零した。

「ちゃんと舌を遣《つか》って。根本までたっぷり唾をまぶして――」

「ふぅ――ん……」

逃《のが》れられないと悟ったルディアは、観念してたどたどしい口淫《こういん》を始めた。

ユヴェールに細かく指示をされるまま、口の中に唾液を溜め、舌先で裏筋をちろちろと舐める。頬を窄め、上顎に亀頭を擦りつけるように、じゅぷじゅぷと首を前後させた。

「そんなに熱心にむしゃぶりついて……やっぱりお腹が空いていたんじゃないか」

自分でさせておきながら、ルディアの浅ましい姿を嗤《わら》うような言葉が浴びせられる。

頭を摑まれて揺さぶられ、潰れたような呻き声をあげながら、ルディアは太竿《ふとざお》に舌を絡め、根本をきつく咥えて扱《しご》いた。

「昨日もたくさん出したけど、ルディアのためならいくらでも飲ませてあげるよ」

前触れもなく、肉棒がびくんっと大きく震えて、苦々しい粘りが口内にどろりと広がった。

「ん、ぐっ……けほ、けほ、ごほっ……！」

受け止める準備もなかったルディアは、反射的に顔を離し、激しく咳き込んだ。

唇の端から零れた白濁液が、絨毯にぱたぱたと落ちて染みを作る。

「――行儀の悪い猫だね」

ユヴェールが眉をひそめ、ルディアの汚れた頤《おとがい》を摑み上げた。

「せっかくのミルクが飲めなかったの？　そんなにも不味《まず》かった？」

「っ……ごめんなさい……苦くて……」

「何度言ったらわかるのかな。答えるのなら、猫語でだって」

ユヴェールは冷ややかに言い放った。

「人の言葉なんて、もう話さなくていいよ。私のそばにいられないだなんて、不愉快なことを言うくらいなら、この先はずっとニャアニャア鳴いていればいい」

言うなりユヴェールは、上着のポケットからしゅるりと何かを取り出した。細かな目盛りが刻まれた、採寸のための巻き尺だ。

「猫が逃げ出さないように、ちゃんと繋いでおかないとね」

「やっ……！」

長さのある巻き尺がルディアの手首をひと纏めに縛りあげ、その端は長椅子の脚に結ばれてしまった。これでは行動範囲も限られるし、普通に立つことさえ叶《かな》わない。

（こんな、ひどい……）

怯えと非難を込めた眼差しを向けても、ユヴェールの暴挙は止まらなかった。

床に這いつくばったルディアのビスチェを引きずりおろし、背後から両の乳首をぎゅっと摘《つま》んで捏《こ》ねてくる。

「またすぐにここを硬くして」

「ああっ……！」

指の腹でくにくにと弄《もてあそ》ばれて、大きく膨らんだ右の乳頭に、突然きりっとした痛みが走った。

「せっかく可愛い乳首だから、飾りをつけてあげるよ」

「っ……!?」

ルディアは目を疑った。

やはりポケットに忍ばせていたのか、ユヴェールは乳首の根元に赤い刺繍糸をきつく巻きつけ、硬い蝶結びを作ったのだ。左の乳首にも同じことをされて、充血したそこはじんじんと痺れる。

「ここも、くびり出して縛ってあげたいけど」

ユヴェールの手がショーツの前から滑り込み、包皮に覆われた肉芽《にくめ》をつついた。

「ちょっと無理かな。ルディアのここは小さめだから——その分、感度は抜群だけど」

「や、ぁあ、あっ、はぁっ！」

薄い莢《さや》を剝《む》かれて押し回され、強すぎる刺激に膝ががくがくした。

上体を支えていられず、床に額をつけて倒れ込むと、知らず腰を高くするような体勢になる。

「そんなにお尻を突き出して……私を誘ってるつもり？」

まだ解《ほぐ》れていない蜜壺に、二本の指がねじ込まれた。

痛いと感じたのは一瞬で、ざらざらした蜜襞を撫で回されるときゅんと切ない感覚が生じて、ふがいなくも声が洩れる。

「ああ……はぅっ……う――」

「濡れてきたよ。早いね」

滲み出した愛液に滑る指が、ちゅぷちゅぷちゅぷと素早く抜き差しされる。

紐の結ばれた乳首を引っ掻《か》かれ、望まない快感が全身にじくじくと伝播《でんぱ》した。

「大変だ。私の猫が発情してる」

くすくすと笑ったユヴェールは、野生の雄猫がするように、ルディアの背中に覆いかぶさる。

「――君の大好きな交尾の時間だ」

尻尾つきのショーツをずるりと膝まで下げられ、露《あらわ》にされた秘裂《ひれつ》に、男根がぐぷぐぷと押し入ってきた。

「ああああっ……！」

尾骨《びこつ》から脳天までを、快楽の槍で貫かれたかのようだった。

愛撫《あいぶ》に時間をかけられたわけでもないのに、ルディアのそこはユヴェールの雄を、大好物だといわんばかりにきゅうきゅうと食い締める。

「は――……こんなふうにされても、歓迎してくれるんだ」

喜んでいるのか、ルディアの痴態《ちたい》を嘲《あざけ》っているのか、ユヴェールの声だけではわからなかった。

後ろから挿入されたことはあるけれど、こんなふうに、四肢《しし》を床についた獣のような姿勢で交わったのは初めてだ。

「あ……んん……んうっ……！」

荒々しく腰を打ちつけられて、絨毯にぎゅっと爪を立てれば、縛りつけられた手首がぎちぎちと痛む。

自分でもどうかしていると思うけれど、猫扱いされて床の上で犯されているのに、蜜洞《みつほら》はどんどん熱くなり、精をねだるようにうにゅうにゅと蠢《うごめ》いた。

「っ……淫乱な猫だなぁ……」

ユヴェールのほうも余裕がないのか、抽挿《ちゅうそう》の勢いが激しい。

このまま一気に射精されるのかと身構えていると、ユヴェールの手が伸ばされ、ルディアの頬に触れた。

「こっちを向いて」

首をねじって後ろを向かされ、唇に唇が近づく。

その一瞬、ひどく切なげな眼差しに晒された気がした。

「――ずっと、私のものでいなよ」

「ん、っ……」

乱暴な律動とは裏腹に、口づけは優しく、なめらかにすくい取られた舌を甘く吸われた。

その落差に混乱して、ルディアの胸は早鐘《はやがね》を打つ。

さっきまで怖いばかりだったユヴェールの裡《うち》に、ルディアの好きだった穏やかな彼も潜《ひそ》んでいる気がして。

こんなふうに無理やりに体を繋げられても、それほどまでに執着されているのかと、どこかで喜んでしまっている自分がいた。

(ユヴェール様もだけど、私もおかしい――……)

着せ替え人形でも猫でもいい。

こうして毎日彼に抱かれて、ユヴェールだけの所有物になってしまえるのなら、それはそれで幸せなことかもしれない。

たとえば、彼がリアナを正妃《せいひ》に迎えるにしても。

日陰の愛人という形でならば、そばにいることは可能なのでは。

(駄目よ、そんな勝手な――)

流されてしまいそうな弱い心を、ルディアは懸命に叱咤《しった》した。

そんなことをすればリアナを傷つけ、侮辱することになる。彼女のことはまだよく知らないが、決して悪い人間ではないと思った。

年齢からして子供っぽいところはあるけれど、ユヴェールを見つめる瞳はきらきらと輝いていて、彼のことを好きな気持ちに嘘はないと思えたから。

「今、何を考えてる？」

舌を絡める合間に、ユヴェールが詰《なじ》るように問うた。

「君の飼い主は私だよ。私のことだけを想って、私のことだけを見ておいで。——いいね？」

「ふぁあっ……！」

ずんっと強く奥を突かれ、蜜壁《みつへき》のすみずみまでが痺れた。

首輪の鈴がちりちりと鳴り、糸の食い込んだ乳首は充血して、熟したラズベリーのようにぽろりと落ちてしまいそうだ。

ユヴェールが腰を前後させるたび、ぬぽっ、ぬぽっ、と派手な音が結合部から洩れ続けている。

——ずっちゅ、じゅっ、にじゅっ、じゅちっ。

——ぬぷっ、びゅぐっ、ぐぽっ、ぐぼっ。

「あぁぁ、あっ……ひ、っく、あああぁ……！」

淫らな音に耳の奥までを蹂躙《じゅうりん》されて、ルディアは泣き叫ぶような声をあげながら達した。

一条の光が駆け抜けていくような絶頂に身を震わせていると、ユヴェールもルディアの腰を強く引きつけ、大量の精を注いだ。

(熱い……いっぱい……——)

力尽きたルディアは、その場にぐったりと倒れ伏した。

体を離したユヴェールが、大きく息をつき、前髪をくしゃりと掻き回す。

「……——くそ」

ごく小さな、苛立《いらだ》った声を聞いた気がして、ルディアはのろのろと顔をあげた。

視線に気づいたユヴェールが、さっと表情を硬くして立ちあがる。

まるで、こんなことをさせるルディアが悪いのだというように。

強張った横顔はふてくされて、自分でも止められない衝動をもてあましているようで——けれどそれは、ルディアがそんなふうに受け止めたかったただけかもしれない。

「おとなしく留守番をしているんだよ。そのうちまた様子を見に来てあげるから」

衣服を整えたユヴェールは、さっきの動揺をすでに拭《ぬぐ》い去った、皮肉っぽい笑みを浮かべていた。

「ルディアのことは、ずっとこうして可愛がってあげる。——大事に大事に飼ってあげるよ」

そう言い残し、ユヴェールは部屋を出て行った。

間髪《かんはつ》を容《い》れず、扉の外からガチャリと鍵をかけられる音が響いた。

「……できた」

ユヴェールがいなくなってからしばらくして、ルディアはようやく拘束を解くことに成功した。

作業台の上に置かれた裁ち鋏に目をつけ、脚をがたがたと揺すった振動で床に落とした。手首を縛られた不自由な状態で拾いあげたそれで、なんとか巻き尺を断ち切ったのだ。

(動けるようにはなったけど……このあとはどうしよう)

乳首の恥ずかしい蝶結びを解《ほど》き、ずらされたビスチェとショーツも着つけ直したものの、ルディアは途方に暮れてしまう。

部屋には鍵がかけられているし、窓は開くがここは三階だ。飛び降りて死ぬことはないかもしれないが、打ちどころが悪ければわからないし、怪我をすることは確実だろう。

「でも……逃げなきゃ」

覚悟を決めるように、あえて口に出して呟く。

意志の弱い自分を、これ以上嫌いにならないうちに。

どんな形でもユヴェールのそばにいたいと思った、身勝手で利己的な気持ちを打ち消したくて。

扉が外からコンコンとノックされたのは、そのときだった。

「――ルディア様。いらっしゃいますか、ルディア様？」

「ラズ⁉」

ルディアは急いで扉に駆け寄り、分厚い樫《かし》の一枚板に耳を押し当てた。

「ああ、よかった……やっぱりここでしたか」

ほっとしたような声は、間違いなくラズのものだった。

「お部屋にルディア様がいらっしゃらなかったんで、朝から探し回ってたんです」

「ごめんね、ありがとう。ありがとう、ラズ」

「ユヴェール様が、また暴走なさったんでしょう？」

ラズは同情するように言った。

「もうあの方の我儘に付き合う必要はないですよ。それこそ一刻も早く、修道院にでもなんでも逃げ込むべきです」

きっぱりと断言され、ラズの目から見ても、やはりそうするしかないのかと切なくなった。

「といっても、僕はここの鍵を持ってませんし。扉を破るのにも音がするから、誰かが飛んできそうだしな……」

ぶつぶつと呟いていたラズが、「そうだ」と声の調子を変えた。

「ルディア様。その部屋には窓がありますよね」

「あるけど、地面までは遠すぎるわ。普通の梯子《はしご》でも届かないと思う」

「梯子の代わりになるものが、そこにはたくさんあるはずです。気づきませんか？

布ですよ」

「――布？」

ルディアは周囲を見回した。

ラズの言うとおり、ここには色も素材も様々な種類の布がある。

「できるだけ丈夫な布を縫い合わせて、長い縄状に編んでください。それを垂らして壁伝いに降りれば、窓から脱出できるはずです」

そんな軽業師《かるわざし》のような真似《まね》ができるかどうかは怪しかったが、確かに手段はそれしかないように思えた。

「――わかったわ。やってみる」

ルディアは緻密《ちみつ》な織りのベルベッドや、分厚いゴブラン生地を選び出し、ミシンで猛然と縫い合わせ始めた。

きっと高価なものに違いないし、ユヴェールの手にかかれば美しいドレスになったのだろうと思うともったいないが、背に腹は代えられない。

継ぎ目の部分には何度もミシンをかけ、ちょっとやそっとでは破れないように補強した。地面まで届く長さに繋いだあと、同じものを三枚作り、三つ編みの要領で絡みあわせていく。

「ルディア様、どうですか？」

「うん……なんとかできたと思う」

すでに作業を始めてから、一刻近くが経っていた。うかうかしていると、いつまたユヴェールが戻ってくるかもしれない。

「これから降りてみるけど……ラズにお願いがあるの。なんでもいいから、服を用意して下で待っててもらえない？　ちょっと、人前に出られる恰好じゃなくって」

勘のいいラズは、それだけですべてを察したようだった。

「わかりました。急いで行きますから、気をつけてくださいね」

扉の前からラズの気配が消えて、ルディアは深呼吸した。ここからは自分一人で頑張らなくてはいけない。

縫い合わせた布の端は、作業台の脚に結びつけた。体重をかけて引っ張ってみたが、大きな作業台はどっしりとして動かず、布が解《ほど》けることもなさそうだ。

窓を開け、地面を見下ろすと、その距離感にくらりと目眩《めまい》がした。そこは王城の中庭で、今ならちょうど誰もいない。

あれこれ考え込むと、体がすくんで動けなくなりそうだった。

ルディアは布にひしっとしがみつき、思い切って宙に身を躍《おど》らせた。

（ひゃぁあっ――……！）

ぐんっ――と重力に引っ張られて体が沈む。

死んでも離すものかと手に力を込めていたせいで、地面に叩きつけられることはなかったが、二階と一階の間でぶらんぶらんと宙吊りになっている状態だ。恐怖のあまり吐き気がして、腋《わき》の下にぶわっと汗をかく。

（でも、地面まではあとちょっと、だから……っ）

全身で布を抱《かか》え込むようにしながら、少しずつ体を下方に移動させていった。

裸足《はだし》の裏にちくちくする下草が触れた瞬間、一気に力が抜けて、大地にへなへなと座り込む。

（よ……よかった……）

箱入りの自分にこんなことができたなんて信じられない。

まだばくばくする心臓を押さえて呼吸を整えていると、背後から駆けてくる足音が聞こえた。

「ラズ？　ありが――」

振り返ったルディアは、言葉を切って硬直した。

目が合った相手も、ルディアのあられもない姿に、ぽかんと口をあけて立ちすくんでいる。

(——はい、終了!)

とルディアは思った。

何がと言えば、人生が。

「ル、ル、ルディ、ルディアお姉様……!?」

社会的な死が確定したルディアを凝視しているのは、舞踏会の夜に顔を合わせたリアナだった。

同性とはいえ、商売女のように肌を露出させたルディアの姿に、真っ赤になって口をぱくぱくさせている。

そこに。

「リアナ、どこにいるの? 勝手に走っていっちゃいけませんよ」

娘を追ってやってきたのは、あの麗しいジェニアータ女王だ。

猫耳と尻尾をつけた下着姿でへたりこんでいるルディアに、ジェニアータもぎょっとしたように息を呑んだ。

しかし、そこはさすがに年の功。呆然《ぼうぜん》としている時間は短く、

「あなた、どうしたの？　誰かにひどいことをされたの？」

暴漢にでも襲われたと思ったのか、自分の羽織っていたショールを、ルディアの肩に素早くかぶせてくれた。

ジェニアータの優しさが痛くて、思いやりが痛くて、しかし彼女の目に映る自分が一番痛い。

着替えのドレスを抱えて走ってきたラズが、シュールすぎる光景につんのめり、素《す》っ頓狂《とんきょう》な声をあげた。

「ちょっ、えー、なんだこれ……さすがにこの事態は畳めなくないですか!?」

（ですよね……！）

ルディアは涙目で大きく頷《うなず》いた。世界が滅亡するならこの瞬間にしてほしいと、至極本気で思う。

そこに。

「――ルディア」

世界が滅ぶ代わりに、今一番聞いてはいけない人の声がした。

頭上に黒い影が落ち、ルディアはびくつきながら視線を上げた。

「逃げ出そうとしたんだな。私の言いつけを破って……」

嘆息するユヴェールは、怒ってはいないように見えた。

――ひどく疲れたような、悲しそうな顔をしていた。

「どういうことなの、ユヴェール？」

ルディアに寄り添ったジェニアータが、眉根を寄せて尋ねた。

「このお嬢さんがこんな恰好をしているのは、あなたに関係があるの？」

「はい、陛下」

逃げも隠れもしないとばかりに、ユヴェールは頷いた。

「ルディアにその衣装を着せたのも、作ったのも私です。私は、恋した女性に様々な服を着せて愛《め》でる趣味があるのです」

ぴしりっ――と空気が凍る中、ラズが「うわぁ」と天を仰いだ。

「投げっぱなし爆弾落としちゃいましたねー……」

「今までもこれからも、この趣味を理解してくれる女性としか結婚する気はありません。そんなわけで、大変申し訳ありませんが、リアナ王女との縁談をお受けすることはできないのです」

「こここここ、こらー！　ユヴェールー！」

高いところから、慌てふためいた怒声が降ってきた。

全員が目をやった先に、自室の窓から身を乗り出し、拳《こぶし》を振り回すダリオンの姿があった。

「どうも中庭が騒がしいと思ったら、お前は何を勝手に……！　ジェニアータ殿《どの》、甥《おい》の言うことを真に受けてはいけませんぞ！　ユヴェールはちょっと脳が沸いて――じゃない、政務が忙しくて疲れているだけですから！」

ダリオンは口から泡を飛ばして喚《わめ》き、リアナは潰れた害虫を見る目でユヴェールを見やり、もうどうにでもなれとばかりにしゃがみ込んだラズは、木の枝で地面に落書きをしている。

ルディアはこの場で自分の墓を掘ることしか考えておらず、ユヴェールだけが場違いに堂々と胸を張っていた。

「――いろいろと話し合うことがありそうね」

ジェニアータが深い溜め息をついた。

「その前にひとつ確かめさせて。あなたは、この衣装を『作った』と言ったかしら？」

「はい」

「もしかして、このお嬢さんが先日着ていたあのドレスも？」

「ええ。私が縫ったものです」

「……なるほどね」

ジェニアータは顎に手を当て、しばし黙った。

そうして次に口を開いた彼女は、思いがけないことを言い出した。

「あなたがこれまでに作った服を、すべて見せてくださる？」

――と。

7　天使のための花嫁衣装《はなよめ》

ディアギルの王女リアナは、母国に帰る馬車の窓から、頬を膨らませて外を眺めていた。

「リアナ。いつまでもふくれっ面《つら》をするのはおやめなさい」

「だって、お母様」

向かいに座る母のジェニアータに、リアナは脚をばたつかせて八つ当たりした。

「ユヴェール様が、あんなに変な人だなんて思わなかったんだもの。見た目は絶世の美男子なのに信じられない。がっかりだわ！」

今から一年前、ディアギルを訪れたユヴェールに一目惚れをしたリアナは、絶対に彼と結婚するのだと心に決めた。

母にそう訴えると、

『そうねぇ。向こうがあなたを気に入ってくださったらね』

と言ってくれたし、ユヴェールの叔父《おじ》であるダリオンは、ディアギルの財力に目が眩《くら》んでのことだろうが、一も二もなく快諾した。

だからリアナは意気込んでいた。

今回の訪問で、ユヴェールと一気に親しくなって、婚約にまでこぎつけるのだと。

シュロテカトルに滞在している間、ユヴェールとは何度も食事やお茶を共にしたし、観劇や音楽会にも連れていってもらった。

けれど彼の態度は、あくまで儀礼的な歓待に留《とど》まっていて、リアナが夢見る甘い囁きも、二人きりで過ごす時間も望めなかった。

忙しいユヴェールに無理を言って、中庭の散歩に付き合ってもらっていたとき、彼の秘書だというルディアに出会った。

ユヴェールの好きな人が彼女だというのにもショックを受けたが、猫耳尻尾つきの下着がユヴェールの自作であることにはもっと驚いたし、あの趣味についていける女性でなければ花嫁になれないと聞いたときには、自分の目が死んだ魚のそれと化すのを感じた。

この衝撃を一言で表すなら、

（ないわー……）

である。

それだけなら、恋に恋した少女の夢が破れたというだけの話だった。

しかしリアナが納得できないのは、その後の母の対応だ。

「確かにユヴェール様は変人よ。けれど、変人と天才は紙一重だって、昔から言うでしょう？」

嬉しそうに微笑む母が膝の上で捲っているのは、何冊ものスケッチブックだ。

どのページにもドレスの絵が描《えが》かれ、縫製時のポイントが細かく書き込まれている。

ユヴェールがこれまでに作ってきた衣装のデザイン画だ。

リアナは苦い気持ちで溜め息をついた。

（お母様も、着るものに関しては負けず劣らずの変人なのよね――……）

あのあと、ユヴェールの作品だという何百着ものドレスを目《ま》の当たりにした母の興奮といったらなかった。

『ああ……これもそれも、なんて斬新！　なんて素晴らしいの！　ねぇ、ユヴェール。このドレスを全部買い占めさせてほしいっていったら、あなたは怒る？』

『あいにく、これらは愛するルディアのために手ずから縫ったものなので、お譲りすることはできませんが』

少女のようにはしゃぐジェニアータに、ユヴェールは慇懃《いんぎん》に答えた。

『デザイン画だけでよければ、お渡しいたしましょう。陛下はディアギルで、優秀な職人を集めた独自のドレス工房をお持ちだと聞き及んでおります。私のデザインをもとに、そちらでお好きに仕立てていただく分にはいっこうに構いません』

『まぁ、そんな。これだけのものを、ただでそんな使い方はできませんよ』

ジェニアータは一瞬考え込み、それからぱっと顔を輝かせた。

『だったらいっそ、あなたの名前を冠したブランドを立ち上げるっていうのはどうかしら？　こんなに素敵なドレスが、皆に知られないままでいるのはもったいないもの。一国の皇太子が――いいえ、国王が自《みずか》らデザインしたドレスだなんて、世界中の女性が着たがるに決まっているわ！』

『そうでしょうか？　女々《めめ》しい国王だと笑われてしまうのでは？』

おずおずと口を挟んだのはダリオンで、ジェニアータはそんな彼を笑い飛ばした。

『本物の才能に男も女もあるものですか。それに、縫製はディアギルで請け負うにしても、デザインはあくまでユヴェールのものですからね。使用権利料はもちろん支払わせていただきますし、売り上げも、そうね、六割は差し上げるということでどうかしら？』

年季の入った着道楽で、国内外を問わず、目をかけたデザイナーや仕立て職人には惜しみなく出資するパトロンのような活動をしてきたジェニアータだ。

商才にも長《た》けており、出来上がったドレスは彼女自身が公《おおやけ》の場で着てみせることで、何よりの宣伝になる。

そう掻き口説《くど》かれるうちに、ダリオンの損得勘定が働き出したらしい。

『それはつまり、我が国に外貨がぞくぞくと流れ込んでくるということですな？　何をしとるユヴェール！　さっさと新しいデザインを考えんか！』

調子のいいダリオンは、これを我が国あげての新事業にしようと、小躍りしそうな勢いだ。これまで甥の趣味にはずっとケチをつけてきたというから、現金な手のひら返しにもほどがある。

当のユヴェールは涼しい顔で聞き流し、ジェニアータに向き直った。

『大変ありがたいお話です。さっそく契約書を認《したた》めさせていただいても？』

『ええ、もちろん。一人でも多くの女性に、美しく装うことの喜びを知ってもらうことが、わたくしの夢ですからね』

右手を差し出すジェニアータは、言葉どおり夢と理想に燃えていたが、握手に応《こた》えるユヴェールの笑みに、リアナは強《したた》かなものを感じた。

（もしかしてユヴェール様は、初めからお母様に、自分のデザインを売り込む気だったんじゃ――……）

穏やかで優しい王子様だとばかり思っていたが、とんだ食わせ者である。

かくしてリアナの初恋は砕け散り、彼女は齢《よわい》十三にして教訓を得た。

ひとつ、男性を見た目で選んではいけないこと。

ふたつ、生身の女性を着せ替え人形にする変人に惚れてはいけないこと。

そして、みっつ。

（そんな変人を受け入れちゃう女性も存在するくらい、世界って広いのね――）

馬車の窓枠に頬杖《ほおづえ》をついて、リアナは何度目かわからない溜め息をつく。

ユヴェールの「趣味」が認められたことに感激し、猫耳姿のまま嬉しそうに涙ぐんでいたルディアの姿を思い出して。

（ま、おかしな人同士お似合いっていうか。あたしは絶対、あんなトンチキな恰好は御免《ごめん》だし。……ちっとも羨ましくなんてないんだから！）

内心で負け惜しみを吐くリアナは、どこかでわかっていたのかもしれない。

――傍《はた》から見ればどんなにおかしくて滑稽でも、互いのすべてを受け止められる二人こそが、真実の愛を知ることを。


「ルディア。今日の午後、少し時間をもらえないかな」

ユヴェールが朝食の席でそう言い出したのは、例の猫耳事件が起こってから、二月《ふたつき》後のことだった。

空気はいくぶん涼しくなって、気の早い庭の木々はすでに紅葉を始めている。

「午後ですか？　構いませんけど」

「よかった。じゃあ――」

待ち合わせの場所と時間を告げて、ユヴェールは席を立った。いよいよ戴冠式を十日後に控えた彼は、近頃は分刻みで政務をこなしている。

そして、忙しいのはユヴェールだけでなくルディアもだった。

「ルディア様。ディアギルの工房から、また問い合わせが来ています」

「見せて」

ラズが運んできた手紙を受け取り、ルディアはその場で封を切る。

ディアギルに帰国したジェニアータは、すぐさま仕事にかかってくれた。

新聞や雑誌にユヴェールの名を冠したドレスブランドが発足《ほっそく》すると発表され、大々的な広告が打たれた。

ディアギルの女王が後援しているとあって、近隣諸国の貴族女性たちはこぞって注目している。前評判も高く、すでに予定数を超える予約が殺到しており、工房の増員が追いつかないほどだという。

だが、その過程ではいくつかの問題も出てきた。

ユヴェールはもともとルディアに着せるためだけに、稀少《きしょう》な布地や宝石も惜しみなく使っていたが、商品として量産するにあたり、何もかも同じ素材が用意できるわけではない。

遊学中に買い求めた生地は、現地でしか手に入らないものもあったし、特殊な織りや刺繍技法については、その土地の技術者を呼び寄せて指導してもらうのが一番だ。

そういった細々した点について、工房側は頻繁に意見を仰いできた。彼らも一流の職人として、ユヴェールのドレスをできるだけ忠実に再現したいと望んでいるのだ。

ルディアは今、その橋渡しの役目を担《にな》っている。

問い合わせの内容をひと目でわかるように纏め、ユヴェールからの返事を先方に伝え、場合によっては各国の仕入れ業者に渡りをつけることもする。

初めは自信がなかったけれど、ユヴェールのドレスの魅力を誰よりも知る人間として、多くの人に愛されるための手助けができることは誇らしい。図《はか》らずも本当の秘書のような形で、ブランド立ち上げに携《たずさ》わるようになったわけだ。

しかし、その一方で。

(着せ替え人形としてのお仕事は、もうお役御免なのね——)

あれ以来、ユヴェールがルディアの着る服を選ぶことはなくなったし、不埒《ふらち》な目的のために部屋を訪れることもなかった。食事は一緒にとるものの、交わす会話は仕事に関する事務的な内容がほとんどだ。

ユヴェールの態度は穏やかで、ルディアの働きぶりをちゃんと認めてくれる。

まるで体の関係ができる前の、紳士的で優しい彼に戻ったかのようだった。

ユヴェールの中で、どんな心境の変化があったのかはわからない。

大っぴらに服作りの趣味が認められ、ルディアに頼み込まずとも、多くの女性に自分のドレスを着てもらえるようになって満足しているのかもしれない。

(――ユヴェール様が幸せなら、私はそれでいいのよ)

これまでのような軟禁は解かれて、もうおかしな衣装を着せられることもないし、恥ずかしい行為を無理やりに強《し》いられることもない。

ユヴェールは戴冠に向けて真面目に政務をこなしているし、ブランドが軌道に乗れば、シュロテカトルの財政がゆるやかに回復していく目途《めど》も立った。

何もかもいいこと尽くめの万々歳《ばんばんざい》だ。

そのはずなのに。

(私は、勝手だわ……)

――ユヴェールにキスさえされなくなった今の状況を、どうしようもなく寂しいと感じてしまうなんて。

午後になり、ルディアが足を向けたのは、ユヴェールのドレス作りのための作業場だった。

ちょうど二ヶ月前、力づくで犯されて監禁された場所だ。

思い出すと胸がどきどきするが、それが恐怖からなのか、逃《のが》れられなかった快感の記憶のせいなのか、自分でもわからなくなってしまう。

(嫌だ、もう。どうせ仕事の話をされるんだろうから、しっかりしないと……)

小さく頭を振って、ルディアは扉をノックした。

「ユヴェール様？　ルディアです」

声をかけたが返事はなく、ドアノブに手をかけてみるとカチャリと回る。これは、先に中で待っていろということだろうか？

「──失礼します」

躊躇《ためら》いつつも部屋に入ったルディアは、視界に飛び込んできたものに、息を呑んで棒立ちになった。

(何これ……)

──すごい、と言葉にすらできず、魂を抜かれたように見惚《みと》れてしまう。

柔らかな午後の光に満たされた室内には、一体のトルソーが置かれていた。

着せつけられているのは、まばゆいばかりの純白のウェディングドレスだ。

袖はなく、ネックラインはクラシカルなロールカラー。

前身頃にはきららかな銀のビジューが縫い取られ、左右ジクザグにタックをとったサテンスカートは美しいボリューム感を生み出している。

後ろ側の裾は長々と広がるトレーンで、オーガンジーとレースに切り替えられた素材のせいで、秋空に流れる雲のようにも見えた。

だが、なんといっても印象的なのは、ドレス全体に散らされた無数の白い羽《フェザー》だ。

ふわふわとした羽毛の上に羽毛を重ねて、こんなにも存在感のあるドレスをルディアは目にしたことがない。豪華さと愛らしさが絶妙のバランスで保たれていて、思わず溜め息が洩れてしまう。

(新しく売り出す商品のサンプルかしら?)

引き寄せられるようにトルソーに近づき、そっと手を伸ばした瞬間。

「――気に入った?」

背後からの声にびくりとし、弾かれたように振り返ると、そこにはユヴェールが立っていた。

「すみません、勝手に……」

許可もなく触れようとしたことにばつの悪い気分でいると、ユヴェールは淡い微笑を浮かべた。

「気にする必要はないよ。それは君のものだから」

「え？」

「ルディアのために作ったウエディングドレスだ。――君に結婚を申し込みたくて」

（……今、なんて？）

耳を疑うルディアの足元に、ユヴェールが跪《ひざまず》いた。

今までに見たこともないような、真剣な表情をしていた。

「その前に、謝らせてくれ」

溜め込んでいたものを吐き出すように、ユヴェールは一息に言った。

「私は、欲望に任せて最低なことをした。ルディアを怖がらせて、苛《いじ》めて、恥ずかしい思いをたくさんさせた。君が私のもとから離れていくと思って逆上したんだ。どうか許してほしい」

（それって……）

修道服と猫耳姿で抱かれたことを思い出し、頬がじわりと熱くなる。

二人の間で、あのときのことが話題にされるのはこれが初めてだった。

確かにとても怖かったし、ユヴェールの仕打ちをひどいと思ったけれど。

「そのことについては……もういいです」

ルディアの言葉に、うなだれていたユヴェールが顔をあげた。

「私もいけなかったんです。ユヴェール様はリアナ様とご結婚されるんだと思っていたから、邪魔になりたくなくて。勝手に決めて、結果的にユヴェール様を怒らせることになってしまって」

本当はもっとちゃんと、正面から話し合っていればよかったのかもしれない。

けれど彼の口から、他の女性を妻にする未来を聞かされるのが怖かった。

離れるのはユヴェールのためだと言いながら、結局ルディアは自分が傷つくのが嫌だったのだ。

「私の身分じゃ、ユヴェール様には釣り合いませんから。こんなふうにおそばにいられるのは、きっと戴冠式までだって……」

「私はいろいろと無茶をするけど、生涯の伴侶にしたい女性以外に手を出すほど悪辣《あくらつ》ではないよ」

ユヴェールは苦笑した。

「本当は、もっと早く求婚したかったんだ。だけどディアギルの協力を得て、財政を立て直す算段がつくまではと思って。貧乏国の王妃になってくれと言われても、ルディアは嫌だろう？」

その言葉に、ルディアは呆気に取られる。

「もしかして、ブランドを立ち上げることは、初めから考えてらしたんですか……？」

「私の知らない間に、叔父上があれこれやらかしたと知った瞬間にね」

ユヴェールはこともなげに認めた。

「ルディアのためだけのドレスだと言ったくせに、ごめん。だけど、工房に渡したデザインはほんの一部だよ。これからは、ブランド用のデザインは別に描くし、君を想って作った服は絶対に販路に乗せない。もちろん、このウエディングドレスも」

ユヴェールは言って、トルソーに目をやった。

「ルディアは私にとっての天使だから、そのイメージで作ったドレスだ。本当はチュールを使って、背中に大きな翼みたいな飾りをつけるつもりだった。だけど、やめた。どうしてかわかる？」

「バランスを取るのが難しいとか……邪魔になるからですか？」

「違うよ」

ユヴェールは軽く笑った。

「翼があれば、ルディアが私のもとから飛び立っていってしまいそうで。やっぱりどうしても、私は君を離してあげられそうにないんだ」

床に跪《ひざまず》いたまま、ユヴェールはルディアの手の甲に唇を押し当てた。

「どうか、これからもずっとそばに留まってくれないか。——私の最愛の妻として」

いけない——と理性が訴えていた。

財政難はなんとか乗り切ったにしても、この先にまた何が起こるかわからない。

不測の事態に備えて、ディアギルでなくとも、なるべく力のある国からユヴェールの花嫁は選ばれるべきだ。

「私なんかじゃ……ただの伯爵家の娘を王妃に据えても、この国のためにはなりません」

断腸の思いで告げるルディアに、

「そうかもね」

とユヴェールは認めた。

「ただ、この国のために働く私を、最高の幸せで満たしてくれるだけだ。その人がいるから、平和で豊かな国を作ろうと思わせてくれるおまけもつくかな。それは誰にでもできることじゃないから、こうして頼んでいるんだけど？」

言葉それ自体は冗談めかしたものだった。

けれど、その眼差しはひたむきで。どこか切羽詰まってもいて。

（ああ、もう――駄目なのに……）

普段はあんなにも自信家なのに、ルディアの答えを待ち受けて、不安に揺れる紫紺の瞳を裏切れなかった。

「……――嬉しい、です」

押し出す声はかすれ、呻くようなものになった。

「私も、ユヴェール様の隣にいたいです。ずっと、ずっと昔から、そう思っていたんです――」

マリアンナを通じて出会った、薔薇《ばら》の香りのあの夜から。

芽吹いた恋心は育ち続けて、今ここにやっと実った。

「泣かないでくれ、ルディア」

どうしようもなく零れる涙を、立ちあがったユヴェールが親指で拭《ぬぐ》う。

彼のほうこそ泣き出しそうな、笑いたいような顔をしていて、ルディアはしゃくりあげながら、胸につかえていた思いを口にした。

「だって……ほっとして。最近のユヴェール様は、なんだか素っ気なかったから」

「君に軽蔑されてると思って、迂闊《うかつ》に近寄れなかったんだよ。信頼を回復させるには、真面目に働いてみせるのが一番だと思ったし、このドレスを縫うのにも忙しかったし」

「本当にありがとうございます。こんな素敵なドレスをいただいたのに、何もお返しできないのが、なんだか悪い気がします」

「――だったら、すぐにでも返してもらえるプレゼントがあるんだけど」

「なんですか？」

ユヴェールが欲しがるようなものなど、何か持っていただろうか。

思わずポケットを探るルディアに、ユヴェールはくすりと笑うと、悪戯《いたずら》っぽく声をひそめた。

「――このドレスを、今すぐここで着てみせて」

　こうなる事態をまるで予測していなかったと言えば、嘘になる。

『男が女性に服を贈るのは、脱がせるため』

　実年齢以上に大人びたラズの言葉は、やはり真理だ――と思いながら、ルディアは甘い淫熱《いんねつ》にたゆたっていた。

「ふ……ぁ、はあ、あ……」

　作業台に腰かけたルディアの脚の間には、床に膝をついて伸びあがったユヴェールの頭が届いている。

　下着を取り払われた状態の股間では、獣が水を飲むときのような音がしていた。潤沢《じゅんたく》に溢れる女の泉を、ユヴェールの舌が奔放《ほんぽう》に掻き回している音だ。

「昼間、から……こんなこと……」

「明るいからいいんじゃないか。ルディアの可愛いここがよく見えて」

「やっ……そこで、喋らないで……っ」

　敏感になりすぎた陰核《いんかく》は空気がそよぐだけでも感じるのに、そんな場所で話すユヴェールの唇にかすめられて、稲妻のような刺激が走る。

「最高にそそるね。無垢《むく》の象徴のウエディングドレスを着ながら、ここをとろとろにしてる私の花嫁は——」

「ああああっ……っ、ぁん……」

ルディアとしては、せっかくのドレスを汚してしまわないかと気が気ではない。けれど、本気で拒むことのできない自分にも責任はあるのだろう。

『本当は、新婚初夜まで我慢するつもりだったんだけど』

とユヴェールは言った。

ドレスを着て見せたルディアに、むしゃぶりつくようなキスをして、

『どうにも我慢できなくなった。私はせっかちで欲張りだから』

ぞくりとするような色めいた声を、耳元で注《そそ》がれたらもう駄目だった。

(この人が好き……いっぱい、いっぱい触ってほしい——……)

口づけてほしい。

抱きしめられたい。

彼の体温を直《じか》に感じたい。

湧き出る要求は留まることがなくて、ルディアは初めて自分から、ユヴェールの上着とシャツを脱がせることをした。

たくましい半裸の上半身を目にするだけで、鼓動が速くなり、もっと密に触れ合いたいと思った。

彼の背中に回した手で肩甲骨《けんこうこつ》を撫で、脇腹を撫で、浮き上がった腰骨《こしぼね》を撫でた。それだけでユヴェールは息を荒らげ、

『待って』

とルディアの手を掴んで止めた。

『久しぶりだから……そんなふうにされたら、すぐにでもしたくなる。それじゃ、あんまり乱暴だ』

そう言って、ルディアを作業台の上に座らせると、その足元にしゃがんだユヴェールは、ドレスのスカートをたくしあげた。

それからたっぷり半刻は、巧みな口淫《こういん》を続けられただろうか。

「や……溶けちゃう、もう溶けちゃうぅ……っ」

丸々と膨らんで弾けそうな花芽《はなめ》を、延々と舌であやされつづけ、ルディアは泣きの入った声をあげた。

「どこが溶けるの?」

「あっ、あっ……舐められてるとこ、全部……」

「こんなにひくひくさせちゃって……久しぶりだから、期待してる?」

「ああんっ……！」

なんの抵抗もなくずぶずぶと指を沈められ、ルディアは喉を反らせた。

腰回り全体が重たく痺れて、下半身がどろどろのバターになってしまったような気がする。

「こんなふうに沼みたいになるくらい、私のすることに感じてくれたんだね」

「そう、です……気持ち、いいの……っ」

「美味《おい》しい蜜がいくらでも出てくる。私を酔わせる、とっておきの甘露《かんろ》だ――」

指で掻き出した愛液を、わざと音を立ててじゅるじゅると啜《すす》られ、羞恥《しゅうち》でどうにかなってしまいそうだった。

「ああ、もう――張りつめすぎて、痛いくらいだ」

ユヴェールがトラウザーズの前をさすり、おどけるように呟く。

「そろそろ楽にしてくれる？」

「ええ、来て……ここに、ください――」

ルディアは頬を上気させ、踵《かかと》を作業台の縁《ふち》に乗せて膝裏を抱《かか》えた。

男を迎え入れる姿勢で丸見えになった淫裂《いんれつ》は、湯気が立ちそうなほどの熱を発して、粘膜がてらてらと輝いている。

「誘い方も上手になったね」

ユヴェールが蠱惑的《こわくてき》に微笑んだ。

「もう、なんでも言いなりの着せ替え人形じゃない。君の意志で着替えて、君の意志で私を愛してくれてる——そう自惚《うぬぼ》れても構わない？」

「はい……」

ルディアははにかむように打ち明けた。

「ユヴェール様の作った服を着るのも、そのまま抱かれるのも……嫌じゃないです。無理やりなのは、ちょっと怖いですけど」

ユヴェールの性癖が異常なのかそうでないのか、他の男性を知らないルディアは、本当のところわからない。

けれど、彼がベッドの上で嬉しそうにしている姿を見るのは好きだ。二人きりのときにだけ見せる、我儘で意地悪でいやらしい顔を、ずっと独り占めしたいと思う。

それに、奇抜な衣装で役割を決めてするセックスは、二人だけの内緒の遊びのようで、恥ずかしいけれど興奮するのだ。

「もう怖いことはしないよ。約束する」

ルディアの頬を、ユヴェールは両手で包み込んだ。

「だからまた、あのメイド服や修道服も着てくれる？」

「……ときどきなら」

ルディアの答えに、ユヴェールはくしゃりと笑い、唇に唇を重ねた。

舌が唇を割るのに合わせ、下の蜜口にも雄の楔《くさび》がぐっと食い込む。

「ん、っ……あ――」

ふたつの空洞を同時に満たされていく悦《よろこ》びに、ルディアの胸はざわめいた。

さまようように伸ばした手は、互いの胸の間で繋がれ、指をぎゅっと絡められる。

「久しぶりだから、やっぱり狭いな……」

こちらを気遣うようなじりじりとした挿入は、ユヴェールだけでなく、ルディアにとっても焦れったかった。

「いいから……奥までください……」

急《せ》かすようにねだると、ユヴェールは「仕方ないな」と笑った。

「待ち切れないんだね。私もだ――」

「はぁ、あ、――っん！」

ユヴェールが深く腰を突き入れた衝撃に、ルディアは軽く達して全身を痙攣させた。

悦楽のさざめきに、肉筒《にくづつ》が揉み絞るような動きを見せ、ユヴェールが目を瞠《みは》る。

「もしかして……今、挿《い》れただけで達《い》っちゃった？」

「っ……ごめんなさい……」

唇を半開きにし、潤んだ目ですがるような視線を向けてくるルディアに、ユヴェールの中の何かが振り切れたらしい。

「君はっ――可愛さで、私を悶え殺す気か……!?」

怒張しきった陽根が、ずぬぅっ！　と膣道の奥の奥まで到達する。

滴《したた》る愛液に濡れた肉棒は、さっきまでの遠慮など忘れたように、ぐっぷぐっぷと鋭く抉《えぐ》り込む抽挿《ちゅうそう》を続けた。

「きゃ、ああっ、や、はげしっ……！」

「君が悪いんだ。飢えた狼の前で、そんなふうに無防備な顔を見せるから――」

そんなのはユヴェールの勝手な理屈だ。

そう抗議する暇《いとま》もなく、体の芯にずんずん響く律動の虜《とりこ》にされていく。

胎《はら》のすみずみまで甘苦しい愉悦が染みていき、ルディアは目の前のユヴェールに必死にしがみついた。

「あぁ、あ……やぁあんっ……！」

「綺麗だ――すごく」

快感に乱れ啼《な》くルディアを、ユヴェールは愛《いと》おしそうな眼差しで見つめていた。

「肌が上気して、ドレスの白によく映える。……この下はどうなっているのかな？」

ドレスの胸ぐりを引き下げられ、柔らかな双乳《そうにゅう》がミルクプディングのように、ふるんと震えて飛び出した。

「この小さな、珊瑚《さんご》色の蕾」

「やっ――」

指先で乳首をきゅっと摘《つま》まれ、新たな戦慄《せんりつ》が走る。

「葡萄よりも美味《おい》しいし、どんな宝石よりも価値がある。――これも永遠に私のものだよ」

ユヴェールが背を丸め、膨らみの先端に吸いついた。

熱くぬめった感触に覆われた肉粒は、たちまち木《こ》の実のように硬くなって、彼の舌を押し返す。

「や……そんな、強く吸っちゃ……ぁあっ！」

乳房の中身をすべて吸い出されるような、きつい吸引に肌がぞくぞくした。

まるで大きな赤ん坊に授乳をしているような気分になって、ユヴェールの銀髪を掻き乱してしまう。

けれど、赤ん坊はルディアの下肢《かし》を貫いて、こうしている合間にも腰を送り込んだりはしない。

「……ん、んく、ぁあっ……」

瞳が恍惚の涙に潤み、荒い息がひっきりなしに零れる。

甘すぎる刺激に脳が犯されて、何も考えられなくなっていく。

「気持ちいい、ルディア？」

「っ、はい……」

「どんなふうに？　どこがどれくらい感じるの？」

こういった言葉責めは、ユヴェールが特に好むものだ。躊躇《ためら》っていると口の中に指が滑り込み、答えを引き出すように口蓋《こうがい》や舌を撫でてくる。

「は……入ってくるときは、ちょっと苦しくて……」

「うん」

「でも、大きくて……満たされて……背骨のほうまで、びりびりしてっ……」

「それで？」

「出ていくとき……先っぽが、引っかかって……このまま行ってほしくなくて……」

「それから？」

「また挿《い》れられるのが、待ち遠しくて……お腹の奥が、きゅんってします……」

「そうか。そんなふうに、私で感じてくれてたんだね」

ちゃんと答えられたご褒美だとばかりに、ユヴェールは繋がった部分に手を差し入れ、朱鷺《とき》色《いろ》の秘玉《ひぎょく》をつるつると転がし始めた。

「やぁ、ぁああっ……それ、いや、いやぁっ……！」

官能の肉粒を嬲《なぶ》られて、容赦のない快感にルディアは嬌声《きょうせい》を張りあげる。

ユヴェールの腰の動きは緩急を伴ったものに変わり、それがまたルディアを追い詰めた。

一定の速度でがつがつと突かれるよりも、浅く小刻みにだったり、深くゆるやかにだったりと、不規則で気まぐれな抽挿は、狂おしいもどかしさを連れてくる。

「ああ、っ……あん、ああっ」

ルディアの眉根が寄り、悩ましい喘ぎが立て続けに口をついた。

乳房から脇腹にかけて、漣《さざなみ》を思わせる戦慄《わなな》きが伝い、もう少しで二度目の絶頂を迎えそうになる。

「また達きそうだね」

ルディアの反応を、ユヴェールは的確に見極めて言った。

「今日は、少し試してみたいことがあるんだけど……いい？」

「え……？」

「私の首に手を回して。――そのましっかり摑まってて」

何をしたいのかわからなかったが、ユヴェールの言うとおりにした直後、体がふわっと宙に浮いた。

「きゃっ……!?」

「暴れないで。大丈夫だから」

狼狽するルディアの腰を引きつけるように抱《かか》え込み、ユヴェールは立ったまま、力強く腰を突き上げてくる。

つまり今のルディアは、体の中心を肉杭に穿《うが》たれたまま、ユヴェールの首にしがみついている状態だ。ずり落ちそうになるのが怖くて、とっさに彼の胴にぎゅっと脚を絡めてしまう。

「っ……予想通り、よく締まるね」

ユヴェールが息を凝《こ》らして呟くとおり、緊張に収縮した蜜壺は、陽根にぴったりと吸いついていた。ルディア自身の体重がかかる分、たくましく上向いた剛直が、これ以上ないほど深く食い込む。

「絶対に落とさないから安心して。このままいくよ——最後まで」

「は、ぁあっ、や……!」

繋がったまま腰を反らすように突き上げられ、上下に大きく揺さぶられた。

ただでさえ狭くなった蜜洞を、長大なものでごりゅごりゅと擦られ、堪らない気分にさせられる。さきほどまで指で弄《いじ》り回されていた秘芽《ひめ》も、陰茎の根本で押し潰されて、燃えるような喜悦を溜め込んでいった。

「ふ、ああ、はぁああ……ん、っ……」

「すごく熱いよ……蕩《とろ》けきって吸いついて、離してくれない——」

ユヴェールも下腹を弾ませながら、同時にのぼりつめるタイミングを測っているようだった。

「っ、ぁあ、ユヴェール様……」

彼とひとつになって揺れるたび、床に落ちたスカートがしゃらしゃらと、耳に心地いい音で鳴っていた。

「好き、です……あなたのことも……あなたが作ってくれる、服も――……」

一目一目にこだわりと愛情を感じられる服を着ていると、ユヴェール自身に抱きしめられているようで、離れているときでも幸せを感じられる。

そう告げると、ユヴェールは照れたように破顔《はがん》した。

「私もだ。ルディアのそばにいられなかった二年間、君を想いながらドレスを作っていた時間のおかげで、寂しさに耐えられたんだ」

数えきれないほど交わしたキスを、二人はまた何度も繰り返した。どれだけ口づけても飽きることなく、高みへと続くうねりに巻き込まれていく。

「ぁあ……なんだか、ふわふわして……――」

全身を満たす甘い悦楽に、意識が朦朧としてくる。

ずんずんと突かれるたび、体が宙に浮いて、どこかへ舞い上がってしまいそうな気がした。

「そろそろ、いい――？　ルディアの中で、私も達きたい」

「んっ……して……出して、ください……中にいっぱい、全部、注いで……っ」

みだりがましい声に煽られたように、ユヴェールはいっそう激しく肉竿を突き込んできた。

ぐちゃっ、ぱちゅんっ、と水っぽい音を立てる蜜襞《みつひだ》が歓喜の極みに引き攣《つ》って、内部を掻き乱す雄肉を千切れんばかりに食い締めた。

「ぁあ……く、出る――……っ！」

射精の瞬間、ひと回り太まった肉棒から、熱いとろみが間欠泉《かんけつせん》のようにびゅくびゅくと噴き出す。

深いところに打ち込まれた命の飛沫《しぶき》に、ルディアも目を閉じて快感を嚙みしめ、大きな絶頂の波にさらわれた。

――そのまま、ほんの少し意識を飛ばしていたのかもしれない。

「大丈夫？　ルディア……」

再び目を開けたとき、ルディアは長椅子の上に横たえられ、心配そうなユヴェールに覗き込まれていた。

「やりすぎたかな……ごめん、ちょっと調子に乗った」

「そんなの、いまさらじゃないですか」

ルディアは苦笑し、ユヴェールの頬に手を触れた。

「ユヴェール様の妻になる以上、覚悟してます……もっと体力をつけないとですね」

「だったら、まずは乗馬でも始めたらどうかな。乗馬服はルディアの瞳と同じ榛色《はしばみいろ》の生地で、袖と裾は可愛いスカラップにして、帽子には羽飾りをつけて――」

思いついたアイデアを嬉々として語るユヴェールに、ルディアは呆れ、それからふと茶目っ気を起こした。

「そのときは、ユヴェール様が私の馬になってくださいます？」

「え？　馬？」

「私を猫にしようとしたお返しです。鞭《むち》でお尻を叩いてもいいですか？」

「やっぱり怒ってるんじゃないか！　――わかったよ。ルディアが望むなら、馬にでも犬にでもなるさ。なるとも」

冗談のつもりだったのに、ユヴェールが神妙な顔で頷くから、ルディアは声を立てて笑ってしまう。

（そのうちユヴェール様にも、あんな服やこんな服を着てくださいってお願いしてみようかしら）

医者に執事に海賊に――ユヴェールならば、きっとどんな服でもスマートに着こなしてしまうのだろう。

そうして繰り広げられる淫靡《いんび》なごっこ遊びは、とびきりどきどきするものになるに違いない。

二人だけの秘密の着せ替えは、これからもまだまだ終わることがなさそうだった。

エピローグ

控え室の扉ごしに、荘厳なパイプオルガンの音色が聞こえてくる。

溢れんばかりの人々が詰めかけた聖堂は、割れるような拍手と、新王即位を寿《ことほ》ぐ万歳の声に沸き返っていた。

「おめでとうございます、ユヴェール様。——いえ、国王陛下」

たった今、戴冠式を終えたばかりのユヴェールの姿に、ルディアは胸がいっぱいになった。

頭上で燦然《さんぜん》と輝くのは、宝石を散りばめた純金の冠。

スタンドカラーの上着は深みのあるロイヤルブルーで、眩《まぶ》しいほどに白いクラヴァットが結ばれている。たっぷりと襞《ひだ》を取ったブロケードのマントには、シュロテカトルの国章である、翼を広げた鷲《わし》と百合が縫い取られていた。

「陛下はやめてくれ」

ユヴェールは肩をすくめて苦笑した。

「ルディアの前では、私はこれからもただの『ユヴェール』だよ。愛妻のためのドレスを精魂込めて縫い上げる、君専属のお針子《はりこ》だ」

ユヴェールはルディアの腰を抱き寄せると、流れる曲の変わった聖堂のほうへと目を向けた。

高らかに鳴り響くメロディは、結婚行進曲だ。

「慌ただしいけど、またすぐに出番だ。今度は君も一緒だよ。緊張はしていない？」

「してます、すごく」

答えるルディアが身に纏っているのは、例の天使のウェディングドレスだった。

ゆるやかに編み込み、肩に流したストロベリーブロンドには、ところどころに本物のアイボリーの薔薇をあしらっている。

真珠とホワイトビーズをふんだんに用《もち》いたティアラを飾り、美しいドレープを描《えが》くヴェールは、ドレスと合わせた羽模様のチュールレース。グローブは上品なロングスタイルで、首にかけるとずっしりと重いダイヤモンドのネックレスは、シュロテカトル王家に代々伝わるデコラティブで豪奢《ごうしゃ》な品だ。

（戴冠式と結婚式を一緒にしたいって言われたときは、急すぎると思ったけど――）

慌てていたのはルディアばかりで、ダリオン以下重臣たちはこれを認めた。どうやらユヴェールが事前にしっかりと根回しをしていたらしい。

何せ、このたび戴冠するのは、今や国際的に有名な人気デザイナーでもある。その結婚式ともなれば、愛する妻のために、ユヴェール自《みず》ら縫《か》い上げた花嫁衣装をお披露目《ひろめ》する絶好の機会だ。販路には乗せられないにしろ、各国の注目を集め、ブランド自体の効果的な宣伝になることは間違いない。

ユヴェールの幼馴染みである伯爵令嬢が、創作のインスピレーションを与える彼だけの女神《ミューズ》だというのは、すでに有名な話だ。

ルディアの存在があるからこそ、ユヴェールはドレスを作り続ける。そのおかげでシュロテカトルの国庫が潤う。

この仕組みを歓迎するダリオンたちが、結婚に反対する理由はもはやなかった。ルディアの両親は涙を流して喜んだし、新王の心を射止めたのはどんな女性なのかと、好奇心に駆られた国民たちも祝福してくれている。

とはいえ、ルディアがユヴェールの伴侶として、公《おおやけ》の場に姿を見せるのは今日が初めてだ。緊張するなというほうが無理だ。

「怖がる必要なんてないさ。君は私の自慢の花嫁だ。その上、私が作った天使のドレスを着てくれているんだから。今日のルディアは、神話の女神だってかすむくらいに綺麗だよ」

夫の欲目なのか、ドレスに対する過剰な自信なのか、ユヴェールはぬけぬけと言い切った。

「それでもリラックスできないなら、式の間は、この前ここに来たときのことを思い出せばどうかな。ひどいことをして悪かったけど、修道女姿のルディアは、やっぱりすごく可愛かったから」

「ふっ、不謹慎《ふきんしん》なことを言わないでください……！」

祭壇の上で淫らな行為に耽《ふけ》ったことを思い出し、ルディアは真っ赤になった。

あんなことを思い出していれば、確かに恥ずかしくて緊張どころではないだろうが。

（いつも私をからかって……ユヴェール様も少しは焦ればいいんだわ）

反発心を起こしたルディアは、内緒話をするように、彼の耳元に唇を寄せた。

結婚行進曲の前奏は、もう少しで終わる。そのあとはまた扉が開き、人々の前に姿を見せることになっている。

そのわずかな時間にあえて、彼を驚かせてやろうと、本当なら今夜ゆっくり話すつもりだったことを告げた。

「――え!?」

案の定、ユヴェールはびっくりした声をあげた。

食い入るような視線がルディアの顔に注《そそ》がれ、そのまま下りていって、お腹の上でぴたりと止まる。

「お医者様の話では、二ヶ月ちょっとだそうです」

はにかむルディア自身も、ほんの数日前に知ったばかりだ。

月のものが遅れていることに不安を覚え、王宮づきの女医に診断してもらったところ、新しい命を授《さず》かっていると言われた。

一刻も早くユヴェールに話したかったけれど、戴冠式が終わって落ち着くまでは待ったほうがいいだろうと、一人でうずうずしていた。ようやく言葉にできて、やたらと晴れ晴れした気分になる。

「さ、時間です。行きましょ――」

「ああ、ルディア、ルディア！　すごいよ！」

ユヴェールが大声をあげると同時に、ルディアの足は宙に浮いた。彼が腋の下に手を入れて、子供にするように高々と持ち上げたのだ。

「ユ、ユヴェール様!?　あの、もう行かないと」

「肌着を縫うし、靴下も編むよ。おくるみやよだれかけには刺繍をして、おむつや外出用の帽子も！　男の子かな？　女の子かな？　赤ん坊の服を作る楽しみも、新しい家族を待つ喜びもできた。最高のプレゼントだ、ありがとう！」

弾けるような笑顔に引き込まれて、ルディアも思わず笑ってしまう。

ただびっくりさせるだけのつもりだったのに、こんなにも喜んでくれるなんて。

生まれてくる子は、父親の愛情がたっぷり詰まった服に包まれ、きっとすくすく育つだろう。

「世界中の誰よりも幸せにするよ。──愛してる」

心が蕩《とろ》けるような甘い眼差しに囚《とら》われて、その場から動けなくなる。

唇に柔らかな感触が重なる中、大扉がゆっくりと開かれていった。

祭壇に立った司祭がぎょっと目を剝《む》き、肩をすくめて聖典を放り投げる。

すでに抱き合って熱い口づけを交わす国王夫妻に、誓いのキスはもう必要ない。

聖堂に集まった人々からどよめきが起こり、苦笑したラズがひゅうっと口笛を吹いたのをきっかけに、拍手と笑い声が高い天井に反響した。

(もう……どこまでも自由な人なんだから……)

恥ずかしさで顔をあげられなくなるが、そんな彼だからこそついていきたいと思ってしまうのが、惚れた弱味なのだろう。

ようやく唇を離して笑み崩れるユヴェールと、ルディアは改めて腕を組み、光注ぐ聖堂へと踏み出した。

──シュロテカトル王国の新たな時代が、今ここから始まる。

【あとがき】

こんにちは、もしくは初めまして。葉月・エロガッパ・エリカです。

いきなり個人的な思い出話になりますが、エロガッパは大学生の頃、演劇サークルに所属しておりました。役者も音響も大道具もやったのですが、一番楽しくのめり込んだのが、ミシンを使っての衣装作りです。

モンゴル風の舞台に合わせた遊牧民風の服や、時には戦隊ものの五色のスーツ。正統派ウエディングドレスから、江戸時代や奈良時代の衣装まで、技術はさほどなかったのですが、自分なりに工夫して縫いました。

中でもテンションがあがったのが、他校でも評判になるほど美人の先輩の衣装を作らせてもらったときです。

「せっかくだから、あの魅惑のスタイルを隠さない露出度の高い衣装にしよう！」

——はい、変態ですね。この頃からエロガッパはエロガッパでした。

完成したのは、背中から腰までぱっくり開いたホルターネックの黒の衣装で、先輩はものすごく恥じらいながら着てくれました。その表情にとんでもなく萌えました。

可愛い女の子に、自分の好きな服を作って着せるこの喜び！

そんなことを思い出しているうちに、お裁縫男子のユヴェールというキャラクターが生まれた次第です。

『お針子殿下の着せ替え遊戯』は、タイトルのとおり、コスプレHがメインのお話です。メイド服にナース服に修道服に猫耳尻尾と、調子に乗った殿下が様々な衣装をヒロインに着せてお楽しみになるストーリーです。我ながら思う。こいつはオヤジか。


こんなおかしなヒーローがメインを張るプロットを、「あっはは、変態ですねー」と笑って通してくださった担当様の懐の深さに感謝します。

お忙しい中、イラストを担当してくださったCiel様も、本当にありがとうございました。色々とけったいな服をたくさん描かせてしまってすみません……！　お裁縫の小道具が盛り込まれた表紙イラスト、とても楽しい雰囲気で大好きです。

最後になりましたが、この本をお手に取ってくださいました読者の方々にも感謝申し上げます。なんでしたらラズと一緒になって、「このアホ王子め」「ルディア、マジ大変だな」「TPOって言葉知ってる？」と突っ込みつつ読んでいただければ幸いです。

それではまた、別の作品でお会いできますように。

二〇一六年　十月

葉月　エリカ

真山きよは
Kiyoha Mayama
すがはらりゅう
Illustrator
騎《き》士《し》王《おう》の
花《はな》嫁《よめ》
純情な姫君は駆け落ち中!?

✦✦✦✦✦✦✦✦✦✦✦✦✦✦✦✦✦✦✦✦✦✦✦✦✦

乙蜜ミルキィ文庫をお買い上げいただきありがとうございます。

この本を読んでのご意見、ご感想をお待ちしております。

〒162-0825 東京都新宿区神楽坂6-46 ローベル神楽坂ビル5F
株式会社リブレ内 編集部

リブレ公式サイトでは、本書のアンケートを受け付けております。

サイトにアクセスし、TOPページの「アンケート」から該当アンケートを選択してください。

ご協力お待ちしております。


「リブレ公式サイト」http://libre-inc.co.jp

✦✦✦✦✦✦✦✦✦✦✦✦✦✦✦✦✦✦✦✦✦✦✦✦✦

乙蜜ミルキィ文庫

お針子殿下の着せ替え遊戯

2016年11月14日 第1刷発行

著者 葉月エリカ

発行者 太田歳子

発行所 株式会社リブレ
〒162-0825 東京都新宿区神楽坂6-46
ローベル神楽坂ビル
電話 03-3235-7405(営業)
03-3235-0317(編集)
FAX 03-3235-0342(営業)

印刷・製本 株式会社暁印刷

Printed in Japan ISBN 978-4-7997-3130-7